AF454185

Tegengestelde Partijen

Tegengestelde Partijen

Aldivan Torres

aldivan teixeira torres

CONTENTS

1 | Tegengestelde Partijen   1

Tegengestelde Partijen

Tegengestelde Partijen

Aldivan Torres

Auteur: Aldivan Torres
©2019-Aldivan Torres
Proeflezen: Aldivan Torres
Alle rechten voorbehouden
Tegengestelde krachten: deel één

Korte biografie: Aldivan Torres, geboren in Brazilië, is een geconsolideerde schrijver in verschillende genres. Tot nu toe zijn titels gepubliceerd in tientallen talen. Van jongs af aan is hij altijd een liefhebber geweest van de kunst van het schrijven, nadat hij vanaf de tweede helft van 2013 een professionele carrière heeft geconsolideerd. Hij hoopt met zijn geschriften bij te dragen aan de internationale cultuur, waardoor het leesplezier wordt gewekt bij degenen die de gewoonte niet hebben. Je missie is om het hart van elk van je lezers te veroveren. Naast literatuur zijn belangrijkste afleidingen muziek, reizen, vrienden, familie en het plezier van het leven zelf. "Voor literatuur, gelijkheid, broederschap, rechtvaardigheid, waardigheid en eer van de mens altijd" is zijn motto.

Samenvatting

Tegengestelde partijen

Tegengestelde Partijen

Een nieuw tijdperk

Voorbereidingen

De Heilige Berg

De Hut

De eerste uitdaging

De tweede uitdaging

De geest van de berg

Beslissende dag

Het jonge meisje

De Beving

Een dag voor de laatste uitdaging

De derde uitdaging

De grot van wanhoop

Het Wonder

De grot verlaten

De reünie met de Voogd

Afscheid nemen van de berg

Een reis terug in de tijd

Waar ben ik?

Eerste indrukken

Het Hotel

Het diner

Een wandeling door het dorp

Het Zwarte Kasteel

De ruïnes van de kapel

De Orde

Bijeenkomst van bewoners

Beslissend gesprek

Een nieuw tijdperk

Na een mislukte poging om een boek uit te geven, voel ik mijn kracht herstellen en versterken. Ik geloof immers in mijn talent en ik heb er vertrouwen in dat ik mijn dromen ga waarmaken. Ik heb geleerd dat alles op zijn tijd gebeurt en ik geloof dat ik volwassen genoeg ben om mijn doelen te realiseren. Onthoud altijd: wanneer we echt een doel willen, spant de wereld samen om het te laten gebeuren. Zo voel ik me: vernieuwd met kracht. Als ik terugkijk, denk ik aan de werken die ik zo lang geleden heb gelezen en die mijn cultuur en mijn kennis zeker hebben verrijkt. Boeken brengen ons door sferen en universum die ons onbekend zijn. Ik voel dat ik deel moet uitmaken van deze geschiedenis, de grote geschiedenis die literatuur is. Het maakt niet uit of ik anoniem blijf of een groot auteur wordt die wereldwijd wordt erkend. Wat belangrijk is, is de bijdrage die ieder van hen levert aan dit grote universum.

Ik ben blij met deze nieuwe houding en ik bereid me voor op een geweldige reis. Deze reis zal mijn lot en het lot van degenen die dit boek geduldig kunnen lezen veranderen. Laten we samengaan in dit avontuur.

Voorbereidingen

Ik pak mijn koffer met mijn persoonlijke voorwerpen van het grootste belang: wat kleren, wat goede boeken, mijn onafscheidelijke kruisbeeld en bijbel en wat papier om te schrijven. Ik heb het gevoel dat ik veel inspiratie zal halen uit deze reis. Wie weet word ik wel de auteur van een onvergetelijk verhaal dat de geschiedenis ingaat. Voordat ik ga, moet ik echter afscheid nemen van iedereen (vooral mijn moeder). Ze is overbezorgd en laat me niet gaan zonder een goede reden of in ieder geval met de belofte dat ik snel terug zal komen. Ik heb het gevoel dat ik op een dag een kreet van vrijheid zal moeten geven en zal moeten vliegen als een vogel die zijn vleugels heeft gecreëerd... en ze zal dit moeten begrijpen omdat ik niet bij haar hoor, maar eerder bij het universum dat me verwelkomde zonder er iets van me voor terug te eisen. Het is voor het universum dat ik heb besloten om schrijver te worden en mijn rol te vervullen en mijn talent te ontwikkelen. Wanneer ik aan het einde van de weg aankom en iets van mezelf heb gemaakt, zal ik klaar zijn om gemeenschap met de schepper aan te gaan en een nieuw plan te leren. Ik weet zeker dat ik er ook een bijzondere rol in zal hebben.

Ik pak mijn koffer vast en hiermee voel ik angst in me opkomen. Vragen komen in me op en storen me: Hoe zal deze reis eruitzien? Zal het onbekende gevaarlijk zijn? Welke voorzorgsmaatregelen moet ik nemen? Wat ik wel weet, is dat het tot nadenken stemt voor mijn carrière, en ik ben bereid om het te doen. Ik pak mijn koffer (weer) vast en voor vertrek zoek ik mijn familie op om afscheid te nemen. Mijn moeder staat in de keuken de lunch te bereiden met mijn zus. Ik kom dichtbij en ga in op het cruciale punt.

"Zie je deze tas? Het zal mijn enige metgezel zijn (behalve jullie, lezers) in een reis die ik bereid ben te maken. Ik zoek wijsheid, kennis en het plezier van mijn vak. Ik hoop dat u het besluit dat ik heb genomen begrijpt en goedkeurt. Kom; geef me een knuffel en goede wensen.

"Mijn zoon, vergeet je doelen, want ze zijn onmogelijk voor arme mensen zoals wij. Ik heb al duizend keer gezegd: Je zult geen afgod zijn of iets dergelijks. Begrijp me goed: Je bent niet geboren om een groot man te zijn", zei Julieta, mijn moeder.

"Luister naar onze moeder. Ze weet waar ze het over heeft en heeft gelijk. Je droom is onmogelijk omdat je geen talent hebt. Accepteer dat het je missie is om gewoon een eenvoudige wiskundeleraar te zijn. Verder dan dat kom je niet" zei Dalva, mijn zus.

"Dus dan geen knuffels? Waarom geloven jullie niet dat ik succesvol kan zijn? Ik garandeer je: zelfs als ik betaal om mijn droom te realiseren, zal ik succesvol zijn omdat hij een groot man is die in zichzelf gelooft. Ik zal deze reis maken en ik zal alles ontdekken wat er te onthullen valt. Bovendien zal ik gelukkig zijn omdat geluk bestaat uit het volgen van het pad dat God overal om ons heen verlicht, zodat we winnaars worden.

Dat gezegd hebbende, richt ik me op de deur met de zekerheid dat ik een winnaar zal zijn op deze reis: de reis die me naar onbekende bestemmingen zal brengen.

De Heilige Berg

Lang geleden hoorde ik van een uiterst onherbergzame berg rond Pesqueira. Het maakt deel uit van de bergketen Ororubá (inheemse naam) waar de inheemse Xukuru-bevolking woont. Ze zeggen dat het heilig werd na de dood van een mysterieuze medicijnman van een van de Xukuru-stammen. Het kan elke wens werkelijkheid maken als de intentie zuiver en oprecht is. Dit is het startpunt van mijn reis, waarvan het doel is om het onmogelijke mogelijk te maken. Gelooft u, lezers? Blijf dan bij me, met speciale aandacht voor het verhaal.

Na de br-232 snelweg, het bereiken van de gemeente Pesqueira, ongeveer vijftien mijl van het centrum, is Mimoso, een van de districten. Een moderne brug, onlangs gebouwd, geeft toegang tot de plaats die tussen de bergen van Mimoso en Ororubá ligt, omringd door de Mimoso-rivier die naar de bodem van de vallei loopt. De heilige berg ligt precies op dit punt en daar rijd ik.

De heilige berg ligt naast de wijk en in korte tijd ben ik eronder. Mijn gedachten dwalen door de ruimte en verre tijd en stellen zich onbekende situaties en verschijnselen voor. Wat staat me te wachten bij het beklimmen van deze berg? Dit zullen zeker herlevende en stimulerende ervaringen zijn. De berg is van korte gestalte (2300 ft (0,7 km).) en met elke stap voel ik me zelfverzekerder, maar ook verwachtingsvol. Herinneringen komen in me op van intense ervaringen die ik in mijn zesentwintig jaar heb meegemaakt. In deze korte periode waren er veel fantastische gebeurtenissen die me deden geloven dat ik speciaal was. Geleidelijk aan kan ik deze herinneringen zonder schuldgevoel met jullie, lezers, delen. Dit is echter niet het moment. Ik zal het pad van de berg vervolgen, op zoek naar al mijn verlangens. Dit is wat ik hoop, en voor het eerst ben ik moe. Ik heb de helft van de route afgelegd. Ik voel geen fysieke uitputting maar vooral mentale door vreemde stemmen die me vragen om terug te gaan. Ze dringen nogal aan. Ik geef echter niet snel op. Ik wil de top van de berg bereiken voor alles wat het waard is. De berg ademt voor mij met luchten van verandering die uitstralen voor degenen die in zijn heiligheid geloven. Als ik daar aankom, denk ik dat ik precies weet wat ik moet doen om het pad te bereiken dat me door deze reis zal leiden waar ik zo lang op heb gewacht. Ik behoud mijn geloof en mijn doelen omdat ik een God heb die de God van het onmogelijke is. Laten we doorgaan met lopen.

Ik ben al driekwart van het pad gegaan, maar toch word ik achtervolgd door de stemmen. Wie ben ik? Waar ik naartoe ga? Waarom heb ik het gevoel dat mijn leven drastisch zal veranderen na de ervaring op de berg? Afgezien van de stemmen lijkt het erop dat ik alleen onderweg ben. Zou het kunnen dat andere schrijvers hetzelfde hebben gevoeld op heilige paden? Ik denk dat mijn mystiek anders zal zijn dan alle andere. Ik moet doorgaan; Ik moet alle obstakels overwinnen en weerstaan. De doornen die mijn lichaam verwonden zijn uiterst gevaarlijk voor de mens. Als ik deze beklimming overleef, beschouw ik mezelf al als een winnaar.

Stap voor stap ben ik dichter bij de top. Ik ben er al een paar meter van verwijderd. Het zweet dat over mijn lichaam loopt, lijkt te zijn ingebed met heilige geuren van de berg. Ik sta even stil. Zullen mijn dierbaren zich zorgen maken? Nou, het maakt nu echt niet uit. Ik moet nu aan mezelf denken om de top van de berg te bereiken. Mijn toekomst hangt ervan af. Nog een paar stappen en ik kom boven. Er waait een koude wind, gekwelde stemmen verwarren mijn redenering en ik voel me niet goed. De stemmen roepen:

"Het is hem gelukt; hij zal worden onderscheiden! "Is hij het wel waard?" Hoe kreeg hij het voor elkaar om de hele berg te beklimmen? Ik ben verward en duizelig; Ik denk niet dat het goed met me gaat.

Vogels huilen en zonnestralen strelen mijn gezicht in zijn geheel. Waar ben ik? Ik heb het gevoel dat ik de dag ervoor dronken ben geworden. Ik probeer op te staan, maar een arm houdt me tegen. Verder zie ik dat aan mijn zijde een vrouw van middelbare leeftijd staat, met rood haar en een gebruinde huid.

"Wie ben jij? Wat is er met mij gebeurd? Mijn hele lichaam doet pijn. Mijn geest voelt verward en vaag. Is het op de top van de berg zijn de oorzaak van dit alles? Ik vind dat ik in mijn huis had moeten blijven. Mijn dromen hebben me tot nu toe aangespoord. Ik beklom de berg langzaam, vol hoop op een betere toekomst en enige richting naar persoonlijke groei. Ik kan echter praktisch niet bewegen. Leg me dit alles uit, ik smeek je.

"Ik ben de bewaker van de berg. Ik ben de geest van de Aarde die heen en weer waait. Ik ben hierheen gestuurd omdat je de uitdaging hebt gewonnen. Wil jij je dromen waarmaken? Ik zal je daarbij helpen, kind van God! Je hebt nog veel uitdagingen om het hoofd te bieden. Ik zal je voorbereiden. Wees niet bang. Uw God is met u. Rust een beetje uit. Ik kom terug met voedsel en water om aan uw behoeften te voldoen. Ontspan en mediteer ondertussen zoals je altijd doet.

Dat gezegd hebbende, verdween de dame uit mijn zicht. Dit verontrustende beeld liet me meer van streek en vol twijfels achter. Welke uitdagingen zou ik moeten winnen? Uit welke stappen bestonden deze uitdagingen? De top van de berg was echt een zeer prachtige en rustige plek. Van bovenaf kon men de kleine agglomeratie van huizen in Mimoso zien. Het is een plateau vol steile paden vol vegetatie aan alle kanten. Deze heilige plaats, onaangetast door de natuur, zou het echt mijn plannen bereiken? Zou het me een schrijver maken bij mijn vertrek? Alleen de tijd kon deze vragen beantwoorden. Omdat de vrouw er een tijdje over deed, begon ik te mediteren op de top van de berg. Ik gebruikte de volgende techniek: Eerst maak ik mijn hoofd leeg (vrij van gedachten). Ik begin in harmonie te komen met de natuur om me heen, mentaal nadenkend over de hele plaats. Van daaruit begin ik te begrijpen dat ik deel uitmaak van de natuur en dat we volledig met elkaar verbonden zijn in een groot ritueel van gemeenschap. Mijn stilte is de stilte van Moeder Natuur; mijn kreet is ook haar kreet; Geleidelijk aan begin ik haar verlangens en aspiraties te voelen. Ik voel haar noodkreet om hulp die smeekt om haar leven te redden van menselijke vernietiging: ontbossing, overmatige mijnbouw, jacht en visserij, de uitstoot van verontreinigende gassen in de atmosfeer en andere menselijke wreedheden. Op dezelfde manier luistert ze naar me en ondersteunt ze me in al mijn plannen. We zijn volledig in elkaar verstrengeld tijdens mijn meditatie. Alle harmonie en medeplichtigheid heeft me volledig stil gemaakt en geconcentreerd op mijn verlangens. Totdat er iets veranderde: ik voelde dezelfde aanraking die me ooit wakker maakte. Ik opende mijn ogen, langzaam, en zag dat ik oog in oog stond met dezelfde vrouw die zichzelf de bewaker van de heilige berg noemde.

"Ik zie dat je het geheim van meditatie begrijpt. De berg heeft je geholpen om een beetje van je potentieel te ontdekken. Je zult op vele manieren groeien. Ik zal je helpen tijdens dit proces. Eerst vraag ik je om je tot de natuur te wenden om spanten, latten, rekwisieten en lijnen te vinden om een hut op te richten, dan brandhout om een vreugdevuur te maken. De nacht nadert al en je moet jezelf beschermen tegen de woeste beesten. Vanaf morgen zal ik je de wijsheid van het bos leren, zodat je de echte uitdaging kunt overwinnen: de grot van wanhoop. Alleen de zuiveren van hart overleven het vuur van zijn analyse. Wil jij je dromen waarmaken? Betaal dan de prijs voor hen. Het universum geeft niemand iets gratis. Wij zijn het die waardig moeten worden om succes te behalen. Dit is een les die je moet leren, mijn zoon.

"Ik begrijp het. Ik zal hopelijk alles leren wat ik nodig heb om de uitdaging van de grot te overwinnen. Ik heb geen idee wat het is, maar ik heb er vertrouwen in. Als ik de berg zou overwinnen, zou het me ook lukken in de grot. Als ik vertrek, denk ik dat ik bereid zal zijn om te winnen en succes te hebben.

"Wacht, wees niet zo zelfverzekerd. Je kent de grot waar ik het over heb niet. Weet dat veel krijgers al zijn beproefd door het vuur en werden vernietigd. De grot toont geen medelijden met iemand, zelfs niet met de dromers. Heb geduld en leer alles wat Ik je zal leren. Zo word je een echte winnaar. Onthoud: Zelfvertrouwen helpt, maar alleen met de juiste hoeveelheid.

"Ik begrijp het. Bedankt voor al je advies. Ik beloof u dat ik het tot het einde zal volgen. Wanneer de wanhoop van de twijfel me overspoelt, zal ik mezelf herinneren aan uw woorden en mezelf eraan herinneren dat mijn God me altijd zal redden. Wanneer er geen ontsnappen is in de donkere nacht van de ziel, zal ik niet bang zijn. Ik zal de grot van wanhoop verslaan, de grot waar niemand ooit aan ontsnapt is!

De vrouw nam in der minne afscheid en beloofde op een andere dag terug te keren.

De Hut

Er verschijnt een nieuwe dag. Vogels fluiten en zingen hun melodieën, de wind is noordoostelijk en de wind verfrist de zon die fel heet opkomt in deze tijd van het jaar. Momenteel is het december en voor mij is deze maand een van de mooiste maanden omdat het begin van de schoolvakantie is. Het is een welverdiende pauze na een lang jaar gewijd aan studies in een universitaire opleiding wiskunde; Het moment dat je alle integralen, afgeleiden en poolcoördinaten kunt vergeten. Nu moet ik me zorgen maken over alle uitdagingen die het leven me zal brengen. Mijn dromen hangen ervan af. Mijn rug doet pijn door een slechte nachtrust liggend op de geslagen aarde die ik als bed heb klaargemaakt. De hut die ik met ongelooflijke moeite bouwde en het vuur dat ik aanstak, gaven me 's nachts een zekere mate van veiligheid. Wel hoorde ik gehuil en voetstappen erbuiten. Waar hebben mijn dromen me naartoe geleid? Het antwoord is naar het einde van de wereld, waar de beschaving nog niet is gearriveerd. Wat zou u doen, lezer? Zou jij ook een reis riskeren om je diepste dromen waar te maken? Laten we het verhaal voortzetten.

Gehuld in mijn gedachten en vragen besefte ik niet dat aan mijn zijde de vreemde dame stond die beloofde me op weg te helpen.

"Heb je goed geslapen?

"Als het goed is, betekent het dat ik nog steeds heel ben, ja.

"Voor alles moet ik je waarschuwen dat de grond die je betreedt heilig is. Laat je daarom niet misleiden door uiterlijk of impulsiviteit. Vandaag is je eerste uitdaging. Ik zal je geen voedsel of water meer brengen. U vindt ze via uw account. Volg je hart in alle situaties. Je moet bewijzen dat je het waard bent.

"Er zit voedsel en water in dit kreupelhout, en ik zou het moeten verzamelen? Kijk, mevrouw, ik ben gewend om boodschappen te doen in een supermarkt. Zie je deze hut? Het heeft me zweet en tranen gekost en nog steeds ben ik er niet van overtuigd dat het veilig is. Waarom geef je me niet het geschenk dat ik nodig heb? Ik denk dat ik mezelf heb bewezen waardig te zijn op het moment dat ik die steile berg beklom.

"Jaag op voedsel en water. De berg is slechts een stap in het proces van je spirituele verbetering. Je bent er nog steeds niet klaar voor. Ik moet u eraan herinneren dat ik geen geschenken geef. Ik heb daar geen macht toe. Verder ben ik alleen de pijl die het pad aangeeft. De grot is degene die uw wensen inwilligt. Het wordt de grot van wanhoop genoemd, gezocht door degenen wiens dromen sindsdien onmogelijk zijn geworden.

"Ik ga het proberen. Ik heb verder niets te verliezen. De grot is mijn laatste hoop op succes.

Dit gezegd hebbende, sta ik op en begin aan de eerste uitdaging. De vrouw verdween als rook.

De eerste uitdaging

Op het eerste gezicht zie ik dat voor me een gebaande paden ligt. Ik begin ernaar beneden te lopen. In plaats van het kreupelhout vol doornen, zou het beste zijn om het pad te volgen. De stenen die mijn stappen wegvegen, lijken me iets te vertellen. Kan het zijn dat ik op de goede weg ben? Ik denk aan alles wat ik achterliet op zoek naar mijn droom: thuis, eten, schone kleding en mijn wiskundeboeken. Is dit het waard? Ik denk dat ik het wel zal uitzoeken. (De tijd zal het leren). De vreemde vrouw lijkt me niet alles te hebben verteld. Hoe meer ik liep, hoe minder ik vond. De top leek niet zo uitgebreid te zijn nu ik was gearriveerd. Een lichte... Ik zie een licht in het verschiet. Daar moet ik naartoe. Verder kom ik aan op een ruime open plek waar de zonnestralen duidelijk het uiterlijk van de berg weerkaatsen. Het pad komt tot een einde en wordt herboren in twee verschillende paden. Wat moet ik doen? Ik loop al uren en mijn kracht lijkt uitgeput. Ik ga even zitten om uit te rusten. Twee paden en twee keuzes. Hoe vaak in het leven worden we geconfronteerd met situaties als deze; De ondernemer die moet kiezen tussen het voortbestaan van de onderneming of het ontslag van sommige werknemers; De arme moeder van het achterland in het noordoosten van Brazilië, die moet kiezen welke van haar kinderen ze te voeden krijgt; De ontrouwe echtgenoot die moet kiezen tussen zijn vrouw en zijn minnares; Hoe dan ook, er zijn veel situaties in het leven. Mijn voordeel is dat mijn keuze alleen mij raakt. Ik moet mijn intuïtie volgen, zoals de vrouw aanbeval.

Ik sta op en kies het pad aan de rechterkant. Bovendien maak ik grote stappen op dit pad, en het duurt niet lang voordat ik weer een glimp opvang van de open plek. Deze keer kom ik een plas water tegen en wat dieren eromheen. Ze koelen zichzelf af in het heldere en transparante water. Hoe moet ik te werk gaan? Ik heb eindelijk water gevonden, maar het zit vol met dieren. Ik raadpleeg mijn hart en het vertelt me dat iedereen recht heeft op water. Bovendien kon ik ze niet zomaar doodschieten en ook beroven. De natuur geeft een overvloed aan hulpbronnen voor het overleven van haar mensen. Ik ben maar een van de strengen op het web die het weeft. Ik ben niet superieur aan het punt dat ik mezelf als de Meester ervan beschouw. Met mijn handen reik ik in het water en giet het in een klein potje dat ik van huis heb meegenomen. Het eerste deel van de uitdaging is aangegaan. Nu moet ik eten vinden.

Ik blijf lopen, op het pad, in de hoop iets te eten te vinden. Mijn maag gromt als het alweer voorbij de middag is. Ik begin naar de zijkanten van het pad te kijken. Misschien bevindt het voedsel zich in het bos. Hoe vaak zoeken we de gemakkelijkste weg, maar het is niet degene die tot succes leidt? (Niet elke klimmer die een pad volgt, is de eerste die de top van de berg bereikt). Snelkoppelingen leiden u snel naar uw doel. Met deze gedachte verlaat ik het pad en vind kort daarna een banaan en een kokosnootboom. Het is van hen dat ik mijn eten zal krijgen. Ik moet ze beklimmen met dezelfde kracht en hetzelfde geloof waarvan ik de berg heb beklommen. Ik probeer het één, twee, drie keer. Verder lukt het me. Ik ga nu terug naar de hut omdat ik de eerste uitdaging heb voltooid.

De tweede uitdaging

Aangekomen bij mijn hut vind ik de bewaker van de berg die briljanter lijkt dan ooit. Haar ogen dwalen nooit af van de mijne. Ik denk dat ik uitzonderlijk ben voor God. Ik voel altijd zijn aanwezigheid. Hij wekt me in alle opzichten op. Toen ik werkloos was, opende Hij een deur; toen ik geen mogelijkheden had om professioneel te groeien, gaf Hij mijn nieuwe wegen; toen Hij mij in tijden van crisis bevrijdde van de banden van Satan. Hoe dan ook, die blik van goedkeuring van de vreemde vrouw deed me denken aan de man die ik tot voor kort was. Mijn huidige doel was om te winnen, ongeacht de obstakels die ik moest overwinnen.

"Dus je hebt de eerste uitdaging gewonnen. Ik feliciteer u. (Riep de vrouw uit). De eerste uitdaging was gericht op het verkennen van je wijsheid en je vermogen om beslissingen te nemen en te delen. De twee paden vertegenwoordigen de "tegengestelde krachten" die het universum regeren (goed en kwaad). Een mens is volledig vrij om beide paden te kiezen. Als men het pad aan de rechterkant kiest, zal men op alle momenten van zijn leven verlicht worden dankzij engelen. Dat was de weg die je koos. Het is echter geen gemakkelijke weg. Vaak zullen twijfels je aanvallen en zul je je afvragen of dit pad het wel waard was. De mensen van de wereld zullen altijd kwetsend zijn en misbruik maken van jullie goede wil. Bovendien zal het vertrouwen dat je in anderen stelt je bijna altijd teleurstellen. Als je van streek raakt, onthoud dan: Je God is sterk en hij zal je nooit in de steek laten. Laat rijkdom of lust nooit je hart verdraaien. Je bent bijzonder en vanwege je waarde beschouwt God jou, zijn zoon. Val nooit uit deze genade. Het pad aan de linkerkant is van iedereen die in opstand kwam op de roeping van de Heer. We worden allemaal geboren met een goddelijke missie. Sommigen wijken er echter van af met materialisme, slechte invloeden, corruptie van het hart. Wie links de weg kiest, krijgt geen prettige toekomst, leerde Jezus ons. Elke boom die geen goede vruchten geeft, zal ontworteld worden en in de buitenste duisternis worden geworpen. Dit is het lot van slechte mensen omdat de Heer eerlijk is. Die keer dat je de waterpoel en die zielige dieren vond, sprak je hart luider. Luister er altijd naar en je komt ver. De gave van het delen straalde op dat moment op je en je spirituele groei was verrassend. De wijsheid dat je je hebt geholpen om voedsel te vinden. De gemakkelijkste weg is niet altijd de juiste om te volgen. Ik denk dat je nu klaar bent voor de tweede uitdaging. In drie dagen kom je uit je hut en ga je op zoek naar een feit. Handel naar je geweten. Als je slaagt, ga je door naar de derde en laatste uitdaging.

"Bedankt dat je me al die tijd hebt vergezeld. Ik weet niet wat me te wachten staat in de grot, noch weet ik wat er met me zal gebeuren. Uw bijdrage is voor mij van cruciaal belang. Sinds ik de berg heb beklommen, heb ik het gevoel dat mijn leven is veranderd. Ik ben rustiger en heb meer vertrouwen in wat ik wil. Ik zal de tweede uitdaging voltooien.

"Heel goed. Ik zie je over drie dagen.

Dat gezegd hebbende, verdween de dame weer. Ze liet me alleen in de rust van de avond, samen met krekels, muggen en andere insecten.

De geest van de berg

De nacht valt over de berg. Ik steek een vuur aan en het gekraak kalmeert mijn hart. Het is twee dagen geleden dat ik de berg heb beklommen, en het lijkt me nog steeds zo'n vreemde. Mijn gedachten dwalen af en landen in mijn jeugd: de grappen, de angsten, de tragedies. Ik herinner me nog goed de dag dat ik me verkleedde als indiaan: Met pijl, boog en tomahawk. Nu was ik op een heilige berg, juist vanwege de dood van een mysterieuze inheemse man (de Medicijnman van de stam). Ik moet aan iets anders denken, want de angst bevriest mijn ziel. Oorverdovende geluiden omringen mijn hut, en ik heb geen idee wat of wie ze zijn. Hoe overwin je zijn angst bij een gelegenheid als deze? Antwoord mij, lezer, want ik weet het niet. De berg is mij nog onbekend.

Het lawaai komt steeds dichterbij en ik kan nergens heen. Het verlaten van de hut zou dwaas zijn omdat ik zou kunnen worden opgeslokt door woeste beesten. Ik zal onder ogen moeten zien wat het ook is. Het geluid houdt op en er verschijnt een licht. Ik word er nog banger van. Met een stormloop van moed roep ik uit:

"Voor God, wie is er?

Een stem, reageert:

"Ik ben de dappere krijger die de grot van wanhoop heeft vernietigd. Geef je droom op, anders heb je hetzelfde lot. Ik was een kleine, inheemse man uit een dorp binnen de Xukuru-natie. Ik streefde ernaar het hoofdhoofd van mijn stam te zijn en sterker te zijn dan de leeuw. Dus keek ik naar de heilige berg om mijn doelen te bereiken. Ik won de drie uitdagingen die de bewaker van de berg me oplegde. Toen ik echter de grot binnenging, werd ik opgeslokt door het vuur, dat mijn hart en mijn doelen verbrijzelde. Vandaag lijdt mijn geest en zit hopeloos vast aan deze berg. Luister naar mij, anders zul je hetzelfde lot ondergaan.

Mijn stem bevroor in mijn keel en even kon ik niet reageren op de gekwelde geest. Hij had onderdak, voedsel, een warme familieomgeving achtergelaten. Ik had nog twee uitdagingen in de grot, de grot die het onmogelijke kon waarmaken. Ik zou mijn droom niet snel opgeven.

"Luister naar mij, dappere krijger. De grot verricht geen kleine wonderen. Als ik hier ben, is dat om een nobele reden. Ik zie geen materiële goederen voor me. Mijn droom gaat verder dan dat. Ik wil me graag professioneel en spiritueel ontwikkelen. Kortom, ik wil werken aan wat ik leuk vind, verantwoord geld verdienen en met mijn talent bijdragen aan een beter universum. Ik geef mijn droom niet zo snel op.

De geest antwoordde:

"Ken je de grot en zijn vallen? Je bent niets anders dan een arme jongeman die zich niet bewust is van het extreme gevaar binnen het pad dat hij volgt. De voogd is een charlatan die je bedriegt. Ze wil je ruïneren.

Het aandringen van de geest irriteerde me. Kende hij mij toevallig? God, in zijn barmhartigheid, wilde mijn falen niet toestaan. God en de Maagd Maria stonden altijd effectief aan mijn zijde. Het bewijs hiervan waren de verschillende verschijningen van de Maagd gedurende mijn leven. In " Visie van de Profeet" (een boek dat ik nog niet heb gepubliceerd) wordt een scène beschreven waarin ik op een bankje op een plein zit, vogels en de wind me in beroering brengen, en ik ben in diepe gedachten over de wereld en het leven in het algemeen. Plotseling verscheen de figuur van een vrouw die, toen ze me zag, vroeg:

"Gelooft u in God, mijn zoon?

Ik antwoordde prompt:

"Zeker, en met heel mijn wezen.

Onmiddellijk legde ze haar hand op mijn hoofd en bad:

"Moge de God van heerlijkheid u in het licht bedekken en u vele gaven schenken.

Toen ik dit zei, ging ze weg en toen ik het besefte, stond ze niet meer aan mijn zijde. Ze verdween gewoon.

Het was de eerste verschijning van de Maagd in mijn leven. Opnieuw, zich vermommend als een bedelaar, kwam ze naar me toe om wat verandering te vragen. Ze zei dat ze boer was en nog niet met pensioen was. Ik gaf haar meteen wat muntjes die ik in mijn zak had. Toen ze het geld ontving, bedankte ze me en toen ik het besefte, was ze verdwenen. Op de berg had ik op dat moment niet de minste twijfel dat God van me hield en dat hij aan mijn zijde stond. Daarom reageerde ik op de geest met een zekere onbeschoftheid.

"Ik zal niet naar uw advies luisteren. Ik ken mijn grenzen en mijn geloof. Ga weg! Ga een huis achtervolgen of zo. Laat me met rust!

De lichten gingen uit en ik hoorde het geluid van trappen die de hut verlieten. Ik was vrij van de geest.

Beslissende dag

De drie dagen waren verstreken sinds de tweede uitdaging. Het was een vrijdagochtend, helder, zonnig en helder. Ik was vanmorgen aan het nadenken over de horizon toen de vreemde vrouw naderde.

"Ben je er klaar voor? Zoek naar een ongewone gebeurtenis in het bos en handel volgens uw principes. Dit is je tweede test.

"Oké, ik heb drie dagen op dit moment gewacht. Ik denk dat ik voorbereid ben.

Haastig ga ik naar het dichtstbijzijnde pad dat toegang geeft tot het bos. Mijn stappen volgden in een bijna muzikale cadans. Wat was deze tweede uitdaging? Angst maakte zich van me meester en mijn stappen versnelden op zoek naar een onbekend doel. Recht vooraan ontstond een open plek in het pad waar het uiteenviel en zich afscheidde. Maar toen ik daar aankwam, was tot mijn verbazing de splitsing verdwenen en keek ik in plaats daarvan naar de volgende scène: een jongen, die door een volwassene wordt meegesleurd, hardop huilend. Emotie nam de controle over mij in de aanwezigheid van onrecht, en daarom riep ik uit:

"Laat de jongen gaan! Hij is kleiner dan jij en kan hem niet verdedigen.

"Dat doe ik niet! Ik behandel hem op deze manier omdat hij niet wil werken.

"Jij monster! Kleine jongens zouden niet moeten werken. Ze moeten studeren en goed opgeleid zijn. Laat hem vrij!

"Wie zal mij maken, jij?

Ik ben helemaal tegen geweld, maar op dit moment vroeg mijn hart me om te reageren voor dit stuk afval. Het kind moet worden vrijgelaten.

Zachtjes duwde ik de jongen weg van de bruut en begon toen de man te slaan. De klootzak reageerde en deelde me een paar klappen uit. Een van hen raakte me puntloos. De wereld draaide en een sterke, doordringende wind drong mijn hele wezen binnen: witte en blauwe wolken samen met snelle vogels drongen mijn geest binnen. In een oogwenk leek het alsof mijn hele lichaam door de lucht zweefde. Een flauw stemmetje riep me van ver. Op een ander moment was het alsof ik door deuren ging, de een na de ander als obstakels. De deuren waren goed op slot en het kostte veel moeite om ze te openen. Elke deur gaf afwisselend toegang tot lounges of heiligdommen. In de eerste lounge vond ik in het wit geklede jonge mensen, verzameld rond een tafel, waarop in het midden een open bijbel stond. Dit waren de maagden die uitverkoren waren om in de toekomstige wereld te regeren. Een kracht duwde me de kamer uit en toen ik de tweede deur opendeed, belandde ik bij het eerste heiligdom. Aan de rand van het altaar werden wierookstokjes met de verzoeken van de armen van Brazilië verbrand. Aan de rechterkant bad een priester hardop en begon plotseling te herhalen: Ziener! Ziener! Ziener! Naast hem stonden twee vrouwen met witte overhemden. Daarop stond geschreven: Mogelijke droom. Alles begon donkerder te worden en toen ik me oriënteerde, werd ik hevig en met zo'n snelheid naar buiten gesleurd dat ik er een beetje duizelig van werd. Ik opende de derde deur en vond deze keer een ontmoeting van mensen: een voorganger, een priester, een boeddhist, een moslim, een spiritualist, een jood en een vertegenwoordiger van Afrikaanse religies. Ze waren gerangschikt in een cirkel en in het midden was een vuur en de vlammen ervan schetsten de naam: "Vereniging van volkeren en wegen naar God." Uiteindelijk omhelsden ze me en riepen me naar de groep. Het vuur verplaatste zich vanuit het midden, landde op mijn hand en tekende het woord 'stage'. Het vuur was puur licht en brandde niet. De groep viel uit elkaar, het vuur doofde en opnieuw werd ik uit de kamer geduwd waar ik de vierde deur opende. Het tweede heiligdom was leeg en ik naderde het altaar. Ik knielde uit eerbied voor het Heilig Sacrament, pakte een papier dat op de grond lag en schreef mijn verzoek. Ik vouwde het papier en legde het aan de voeten van het beeld. De stem die ver weg was, werd gaandeweg duidelijker en scherper. Ik verliet het heiligdom, opende de deur en werd eindelijk wakker. Aan mijn zijde stond de bewaker van de berg.

"Je bent dus wakker. Gefeliciteerd! Je hebt de uitdaging gewonnen. De tweede uitdaging was gericht op het verkennen van je zelfvermogen en actie. De twee paden die de "Tegengestelde Krachten" vertegenwoordigden, zijn één geworden, en dit betekent dat jullie de rechterkant moeten bewandelen zonder de kennis te vergeten die jullie zullen hebben bij het ontmoeten van de linker. Jouw houding redde het kind, hoewel hij het niet nodig had. Die hele scène was mijn eigen mentale projectie om je te evalueren. U hebt de juiste aanpak gekozen. De meeste mensen die geconfronteerd worden met scènes van onrecht geven er de voorkeur aan zich er niet mee te bemoeien. Weglating is een ernstige zonde en de persoon wordt een medeplichtige van de dader. U hebt van uzelf gegeven, zoals Jezus Christus dat voor ons deed. Dit is een les die je je hele leven meeneemt.

"Bedankt dat je me hebt gefeliciteerd. Ik zou altijd handelen in het voordeel van degenen die zijn uitgesloten. Wat me verbaast is de spirituele ervaring die ik eerder had. Wat betekent het? Kunt u mij dat uitleggen, alstublieft?

"We hebben allemaal het vermogen om door middel van gedachten door andere werelden te dringen. Dit is wat astrale reizen wordt genoemd. Er zijn enkele deskundigen op dit gebied. Wat je zag moet te maken hebben met jouw toekomst of die van een ander, je weet maar nooit.

"Ik begrijp het. Ik beklom de berg, voltooide de eerste twee uitdagingen en ik moet geestelijk groeien. Ik denk dat ik binnenkort klaar zal zijn om de grot van wanhoop onder ogen te zien. De grot die wonderen verricht en dromen dieper maakt.

"Je moet de derde uitvoeren en ik zal je morgen vertellen wat het is. Wacht op instructies.

"Ja, generaal. Ik wacht met smart af. Dit Kind van God, zoals u mij noemde, is uitgehongerd en zal een soep bereiden voor later. U bent uitgenodigd, mevrouw.

"Prachtig. Ik ben dol op soep. Ik zal dit in mijn voordeel gebruiken om je beter te leren kennen.

De vreemde dame vertrok en liet me alleen achter met mijn gedachten. Ik ging in het bos op zoek naar de ingrediënten voor de soep.

Het jonge meisje

De berg was al donker geworden toen de soep klaar was. De koude wind van de nacht en het insectengeluid maakt de omgeving steeds landelijker. De vreemde dame is nog niet naar de hut gekomen. Ik hoop alles op orde te hebben tegen de tijd dat ze aankomt. Ik proef de soep: Het was echt goed, hoewel ik niet alle benodigde specerijen had. Verder stap ik even de hut uit en overdenk de hemel: De sterren zijn getuigen van mijn inspanningen. Ik ging de berg op, vond zijn bewaker, voltooide twee uitdagingen (de ene moeilijker dan de andere), ontmoette een geest en ik sta nog steeds overeind. "De armen streven meer naar hun dromen." Ik kijk naar de opstelling van de sterren en hun helderheid. Elk heeft zijn belang in het grote universum waarin we leven. Mensen zijn op dezelfde manier ook belangrijk. Ze zijn wit, zwart, rijk, arm, van religie A, of religie B of van een geloofssysteem. Het zijn allemaal kinderen met dezelfde vader. Ik wil ook mijn plaats innemen in dit universum. Ik ben een denkend wezen zonder grenzen. Verder denk ik dat een droom onbetaalbaar is, maar ik ben bereid ervoor te betalen om de grot van wanhoop binnen te gaan. Ik overdenk nog een keer de hemel en ga dan terug naar de hut. Ik was niet verbaasd om daar voogd te vinden.

"Ben je hier al lang? Ik had het me niet gerealiseerd.

"Je was zo geconcentreerd in het aanschouwen van de hemel dat ik de betovering van het moment niet wilde verbreken. Daarnaast voel ik me thuis.

"Uitstekend. Ga zitten op dit geïmproviseerde bankje dat ik heb gemaakt. Ik zal de soep serveren.

Met de soep nog warm serveerde ik de vreemde dame in een kalebas die ik in het bos vond. De wind die 's nachts sloeg streelde mijn gezicht en fluisterde woorden in mijn oor. Wie was die vreemde dame die ik diende? Ik vraag me af of ze me echt wilde vernietigen, zoals de geest liet doorschemeren. Ik had veel twijfels over haar, en dit was een geweldige kans om ze op te ruimen.

"Is de soep goed? Ik heb het met grote zorg voorbereid.

"Het is prachtig! Wat heb je gebruikt om het te bereiden?

"Het is gemaakt van stenen. Grapje! Ik kocht een vogel van een jager en gebruikte wat natuurlijke smaakmakers uit het bos. Maar, het onderwerp veranderen, wie ben je eigenlijk?

"Het getuigt van goede gastvrijheid voor de gastheer om eerst over zichzelf te praten. Het is vier dagen geleden dat je hier op de top van de berg bent aangekomen, en ik weet niet eens zeker hoe je heet.

"Heel goed. Maar het is een lang verhaal. Maak je klaar. Mijn naam is Aldivan Teixeira Tôrres en ik geef wiskunde op universitair niveau. Mijn twee grote passies zijn literatuur en wiskunde. Ik ben altijd al een liefhebber van boeken geweest, en sinds ik minimaal was, wilde ik er zelf een schrijven. Toen ik in mijn eerste jaar van de middelbare school zat, verzamelde ik enkele fragmenten uit de boeken Prediker, wijsheid en spreekwoorden. Ik was tevreden, ondanks dat de teksten niet van mij waren. Ik heb het iedereen laten zien, met grote trots. Verder heb ik de middelbare school afgemaakt, een computercursus gevolgd en ben ik een tijdje gestopt met studeren. Daarna probeerde ik een technische cursus aan een lokale universiteit. Ik realiseerde me echter dat het niet mijn veld was door een teken van het lot. Ik was voorbereid op een stage op dit gebied. De dag voor de test eiste een vreemde kracht echter voortdurend dat ik het moest opgeven. Hoe meer tijd er verstreek, hoe meer druk ik voelde van deze kracht totdat ik besloot de test niet te doen. De druk nam af en ook mijn hart werd gekalmeerd. Ik denk dat het lot was dat ervoor zorgde dat ik niet ging. We moeten onze grenzen respecteren. Ik heb verschillende aanbestedingen gedaan, ben goedgekeurd en heb momenteel de rol van administratief medewerker van het onderwijs. Drie jaar geleden kreeg ik opnieuw een teken van het lot. Ik had wat problemen en ik kreeg uiteindelijk een zenuwinzinking. Ik begon toen te schrijven en in korte tijd hielp het me om te verbeteren. Het resultaat was het boek "Visie op een Medium" dat ik nog niet heb gepubliceerd. Dit alles liet me zien dat ik in staat was om te schrijven en een waardig beroep te hebben. Dit is wat ik denk: ik wil werken aan wat ik leuk vind, en ik wil gelukkig zijn. Is dat te veel voor een arm persoon om te vragen?

"Natuurlijk niet, Aldivan. Je hebt talent, en dat is zeldzaam in deze wereld. Op het juiste moment zal het je lukken. Zegevierend zijn degenen die in hun dromen geloven.

"Ik geloof er wel in. Daarom ben ik hier in het midden van niets, waar de goederen van de beschaving nog niet zijn gearriveerd. Ik vond een manier om de berg te beklimmen, om de uitdagingen te overwinnen. Het enige dat nu nog rest is dat ik de grot binnenga en mijn dromen uitvoer.

"Ik ben hier om je te helpen. Ik ben de bewaker van de berg sinds het heilig werd. Mijn missie is om alle dromers te helpen die op zoek zijn naar de grot van wanhoop. Sommigen proberen materiële dromen waar te maken, zoals geld, macht, sociale uiterlijk vertoon of andere egoïstische dromen. Ze hebben allemaal tot nu toe gefaald, en ze zijn er niet weinig geweest. De grot is eerlijk met het inwilligen van wensen.

Het gesprek ging nog enige tijd levendig door. Ik verloor er geleidelijk mijn interesse in toen een vreemde stem me uit de hut riep. Elke keer dat deze stem me belde, voelde ik me gedwongen om uit nieuwsgierigheid te gaan. Ik moest gaan. Ik wilde weten wat die vreemde stem in mijn gedachten betekende. Zachtjes nam ik afscheid van de vrouw en ging op weg in de richting die de stem aangaf. Wat staat me te wachten? Laten we samen verder gaan, lezer.

De nacht was koud en de indringende stem bleef in mijn gedachten. Er was een soort vreemde band tussen ons. Ik had al een paar meter buiten de hut gelopen, maar het leek kilometers te zijn door de vermoeidheid die mijn lichaam voelde. De instructies die ik mentaal ontving, leidden me in de duisternis. Een mengeling van vermoeidheid, angst voor het onbekende en nieuwsgierigheid beheerste me. Wiens vreemde stem was dit? Wat wilde ze met mij? De berg en zijn geheimen... Sinds ik de berg heb leren kennen, heb ik geleerd hem te respecteren. De voogd en haar mysteries, de uitdagingen die ik moest aangaan, de ontmoeting met de geest; het werd allemaal bijzonder. Het was niet de hoogste in het noordoosten of zelfs de meest indrukwekkende, maar het was heilig. De mythes van de medicijnman en mijn dromen hebben me ertoe gebracht. Ik wil alle uitdagingen winnen, de grot betreden en mijn verzoek doen. Ik zal een veranderd mens zijn. Bovendien zal ik niet langer alleen ik zijn, maar ik zal de man zijn die de grot en zijn vuur heeft overwonnen. Ik herinner me nog goed de woorden van de voogd, niet te veel vertrouwen. Ik herinner me de woorden van Jezus die zei:

" Wie in Mij geloofde, zal het eeuwige leven hebben.

De risico's die ermee gepaard gaan, zullen me niet doen afzien van mijn dromen. Het is met deze gedachte dat ik steeds trouwer ben. De stem wordt sterker en sterker. Ik denk dat ik op mijn bestemming aankom. Recht voor me zie ik een hut. De stem zegt dat ik daarheen moet gaan.

De hut en het verlichtende vreugdevuur bevinden zich op een ruime, vlakke plaats. Een jong, lang, dun meisje met donker haar is een soort snack aan het grillen op het vuur.

"Zo, je bent gearriveerd. Ik wist dat je mijn oproep zou beantwoorden.

"Wie ben jij? Wat wil je van mij?

"Ik ben een andere dromer die de grot in wil.

"Welke speciale krachten heb je om met je verstand naar mij te roepen?

"Het is telepathie, dom. Ken je het niet?

"Ik heb ervan gehoord. Kun je me dat leren?

"Je zult op een dag leren, maar niet van mij. Vertel me welke droom je hier brengt?

"Mijn naam is Aldivan. Ik beklom de berg in de hoop mijn tegengestelde krachten te vinden. Zij zullen mijn bestemming bepalen. Wanneer iemand zijn tegengestelde krachten kan beheersen, zal hij in staat zijn om wonderen te verrichten. Dat is wat ik nodig heb om mijn droom te verwezenlijken om te werken in een gebied dat ik leuk vind, en daarmee zal ik veel zielen laten dromen. Ik wil de grot in, niet alleen voor mij, maar voor het hele universum dat mij deze geschenken heeft gegeven. Ik zal mijn plaats in de wereld hebben en zo zal ik gelukkig zijn.

"Mijn naam is Nadja. Ik ben een inwoner van de kust van de staat Pernambuco. In mijn land heb ik horen praten over deze wonderbaarlijke berg en zijn grot. Meteen was ik geïnteresseerd om de reis hierheen te maken, ook al dacht ik dat alles slechts een legende was. Ik verzamelde mijn spullen, vertrok, kwam aan in Mimoso en ging de berg op. Ik heb de jackpot gewonnen. Nu ik hier ben, ga ik de grot in en zal ik mijn wens vervullen. Ik zal een grote Godin zijn, versierd met macht en rijkdom. Alles zal mij dienen. Je droom is gewoon dom. Waarom een beetje vragen als we de wereld kunnen hebben?

"Je vergist je. De grot verricht geen kleine wonderen. Je zult falen. De voogd staat u niet toe om binnen te komen. Om de grot te betreden, moet je drie uitdagingen winnen. Ik heb al twee van de etappes overwonnen. Hoeveel heb je er gewonnen?

"Hoe dom, uitdagingen en voogden. De grot respecteert alleen de sterksten en meest zelfverzekerde. Ik zal morgen mijn verlangens bereiken en niemand zal me tegenhouden, hoor je?

"Jij weet het beste. Als je er spijt van hebt, is het dan te laat? Nou, ik denk dat ik ga. Ik heb wat rust nodig omdat het laat is. Wat jou betreft, ik kan je geen gelukwensen in de grot omdat je groter wilt zijn dan God zelf. Wanneer mensen dit punt bereiken, vernietigen ze zichzelf.

"Onzin, jullie zijn allemaal woorden. Niets zal me doen terugkomen op mijn beslissing.

Toen ik zag dat ze onvermurwbaar was, gaf ik het op, met medelijden met haar. Hoe kunnen mensen om de zoveel tijd zo kleinzielig worden? De mens is alleen waardig als hij vecht voor rechtvaardige en egalitaire idealen. Toen ik het pad liep, herinnerde ik me de keren dat ik onrecht werd aangedaan, of het nu was door een slecht gemarkeerd onderzoek of zelfs door de verwaarlozing van anderen. Ik word er ongelukkig van. Bovendien is mijn familie totaal tegen mijn droom en gelooft ze niet in mij. Het doet pijn. Op een dag zullen ze de rede zien en zien dat dromen mogelijk kunnen zijn. Op die dag zal ik mijn overwinning zingen en zal ik de Schepper verheerlijken. Hij gaf me alles en eiste alleen dat ik mijn gaven deelde, want, zoals de Bijbel zegt, steek geen lamp aan en leg hem onder de tafel. Zet het er liever bovenop zodat iedereen kan applaudisseren en verlicht kan worden. Het pad breekt, en meteen zie ik de hut die me zoveel zweet heeft gekost om te bouwen. Ik moet gaan slapen want morgen is er weer een dag en ik heb plannen voor mezelf en voor de wereld. Welterusten, lezers. Tot het volgende hoofdstuk...

De Beving

Een nieuwe dag begint. Licht verschijnt, de bries van de ochtend streelt mijn haar, vogels en insecten vieren feest en de vegetatie lijkt herboren te zijn. Het gebeurt elke dag. Ik wrijf in mijn ogen, was mijn gezicht, poets mijn tanden en neem een bad. Dit is mijn routine voor het ontbijt. Het bos biedt geen voordelen of opties. Dat ben ik niet gewend. Mijn moeder verwende me tot het punt dat ze me mijn koffie serveerde. Ik eet mijn ontbijt in stilte, maar er weegt iets op mijn hoofd. Wat wordt de derde en laatste uitdaging? Wat zal er met mij gebeuren in de grot? Er zijn zoveel vragen zonder antwoorden, ik word er duizelig van. De ochtend vordert en daarmee ook mijn hartkloppingen, angsten en koude rillingen. Wie was ik nu? Zeker niet hetzelfde. Ik ging een heilige berg op zoek naar een bestemming die zelfs ik niet kende. Ik vond de bewaker en ontdekte nieuwe waarden en een wereld groter dan ik ooit had gedacht dat er bestond. Verder won ik twee uitdagingen en moest ik nu nog maar de derde aangaan. Een huiveringwekkende derde uitdaging die ver weg en onbekend was. De bladeren rond de hut bewegen steeds een beetje. Ik heb de natuur en haar signalen leren begrijpen. Er komt iemand op komst.

"Hallo! Ben je er?

Ik sprong, veranderde de richting van mijn blik en overwoog de mysterieuze figuur van de bewaker. Ze lijkt gelukkiger en zelfs rooskleuriger ondanks haar schijnbare leeftijd.

"Ik ben hier, zoals je kunt zien. Welk nieuws heb je voor mij gebracht?

"Zoals je weet, kom ik vandaag om je derde en laatste uitdaging aan te kondigen. Het zal gehouden worden op je zevende dag hier op de berg, want dat is de maximale tijd dat een sterveling hier kan blijven. Het is eenvoudig en bestaat uit het volgende: Dood de eerste man of het eerste beest dat je tegenkomt bij het verlaten van je hut op dezelfde dag. Anders heb je niet het recht om de grot binnen te gaan die je je diepste verlangens inwilligt. Wat zeg je? Is dat niet makkelijk?

"Hoe dat komt? Doden? Zie ik eruit als een huurmoordenaar?

"Het is de enige manier om de grot in te gaan. Bereid je voor want er zijn maar twee dagen en...

Een aardbeving met een kracht van 3,7 op de schaal van Richter schudt de hele top van de berg door elkaar. De tremor maakt me duizelig en ik denk dat ik flauw ga vallen. Er komen steeds meer gedachten in me op. Ik voel mijn kracht afnemen en voel handboeien die mijn handen en voeten krachtig beveiligen. Al snel zie ik mezelf als een slaaf, werkend op velden die gedomineerd worden door meesters. Ik zie de boeien, het bloed en hoor het geschreeuw van mijn metgezellen. Ik zie de rijkdom, trots en het verraad van de kolonels. Verder zie ik ook de roep om vrijheid en rechtvaardigheid voor de onderdrukten. O, wat is de wereld oneerlijk! Terwijl sommigen winnen, worden anderen achtergelaten om te rotten, vergeten. De handboeien breken. Ik ben gedeeltelijk vrij. Ik word nog steeds gediscrimineerd, gehaat en onrecht aangedaan. Verder zie ik nog steeds het kwaad van de blanke mannen die mij ' zwart ' noemen. Ik voel me nog steeds minderwaardig. Opnieuw hoor ik de kreten van geschreeuw, maar nu is de stem helder, scherp en bekend. De beving verdwijnt en beetje bij beetje kom ik weer bij bewustzijn. Iemand tilt me op. Nog steeds een beetje licht in het hoofd, roep ik uit:

"Wat is er gebeurd?

De voogd, in tranen, lijkt geen antwoord te kunnen vinden.

"Mijn zoon, de grot heeft zojuist een andere ziel vernietigd. Win alsjeblieft de derde uitdaging en versla deze vloek. Het universum spant samen voor jullie overwinning.

"Ik weet niet hoe ik moet winnen. Alleen het licht van de schepper kan mijn gedachten en mijn daden verlichten. Ik garandeer dat ik mijn dromen niet snel zal opgeven.

"Ik vertrouw op jou en op de opleiding die je hebt gekregen. Veel succes, Kind van God! Tot gauw!

Dat gezegd hebbende, vertrok de vreemde dame en werd opgelost in een rookwolk. Nu was ik alleen en moest ik me voorbereiden op de laatste uitdaging.

Een dag voor de laatste uitdaging

Het is zes dagen geleden dat ik de berg op ging. Deze hele tijd van uitdagingen en ervaringen heeft me enorm doen groeien. Ik kan de natuur, mezelf en anderen gemakkelijker begrijpen. De natuur marcheert op haar ritme en verzet zich tegen de pretenties van de mens. We ontbossen de bossen, vervuilen het water en geven gassen af aan de atmosfeer. Wat levert het ons op? Wat is echt belangrijk voor ons, geld of onze overleving? De gevolgen zijn er: opwarming van de aarde, vermindering van flora en fauna, natuurrampen. Ziet de mens niet in dat dit allemaal zijn schuld is? Er is nog tijd. Er is tijd voor het leven. Draag je steentje bij: Bespaar water en energie, recycle afval, vervuil het milieu niet. Eis van uw regering dat zij zich inzet voor milieukwesties. Het is het minste wat we voor onszelf en voor de wereld kunnen doen. Terugkomend op mijn avontuur, toen ik eenmaal de berg op ging, begreep ik mijn wensen en mijn grenzen beter. Ik begreep dat dromen alleen mogelijk worden gemaakt als ze nobel en rechtvaardig zijn. De grot is eerlijk en als ik de derde uitdaging win, zal het mijn droom waarmaken. Toen ik de eerste en tweede uitdaging won, begon ik de wensen van anderen beter te begrijpen. De meeste mensen dromen ervan om rijkdom, sociaal prestige en hoge niveaus van commando te hebben. Ze zien niet meer wat het beste is in het leven: professioneel succes, liefde en geluk. Wat de mens uitzonderlijk maakt, zijn kwaliteiten die door zijn werk heen schijnen. Macht, rijkdom en sociale uiterlijk vertoon maken niemand gelukkig. Dit is wat ik zoek in de heilige berg: Geluk en totaal domein van de 'tegengestelde krachten'. Ik moet even naar buiten. Stap voor stap leiden mijn voeten me naar buiten de hut die ik heb gebouwd. Ik hoop op een teken van lotsbestemming.

De zon warmt op, de wind wordt sterker en er verschijnt geen teken. Hoe win ik de derde uitdaging? Hoe zal ik leven met de mislukking als ik niet in staat ben om mijn droom uit te voeren? Ik probeer de negatieve gedachten uit mijn hoofd te zetten, maar de angst is sterker. Wie was ik voordat ik de berg beklom? Een jonge man, totaal onzeker, bang om de wereld en haar mensen onder ogen te zien. Een jongeman die een eendagsvlieg is, vocht in de rechtbank voor zijn rechten, maar die werden niet toegekend. De toekomst heeft me laten zien dat dit het beste was. Af en toe winnen we door te verliezen. Het leven heeft me dat geleerd. Sommige vogels krijsen om me heen. Ze lijken mijn bezorgdheid te begrijpen. Morgen is een nieuwe dag, de zevende op de top van de berg. Mijn lot is riskeren met deze derde uitdaging. Bid, lezers, dat ik mag winnen.

De derde uitdaging

Er verschijnt een nieuwe dag. De temperatuur is aangenaam en de lucht is blauw in al zijn onmetelijkheid. Lui sta ik op en wrijf in mijn slaperige ogen. De grote dag is aangebroken en ik ben erop voorbereid. Voor alles moet ik mijn ontbijt klaarmaken. Met de ingrediënten die ik de dag ervoor heb weten te vinden, zal het niet zo schaars zijn. Ik maak de panklaar en begin de smakelijke kippeneieren open te kraken. Het vet spat en raakt bijna mijn oog. Hoe vaak in het leven lijken anderen ons pijn te doen met hun angsten? Ik eet mijn ontbijt, rust even uit en bereid mijn strategie voor. De derde uitdaging lijkt allesbehalve eenvoudig. Doden is voor mij ondenkbaar. Nou, toch zal ik het onder ogen moeten zien. Met dit voornemen begin ik te lopen en al snel ben ik de hut uit. De derde uitdaging begint hier en ik bereid me erop voor. Ik neem het eerste pad en ik begin te lopen. De bomen langs de weg van het pad zijn breed met diepe wortels. Waar ben ik eigenlijk naar op zoek? Succes, overwinning en prestatie. Ik zal echter niets doen dat tegen mijn principes ingaat. Mijn reputatie gaat voor roem, succes en macht. De derde uitdaging zit me dwars. Doden is voor mij een misdaad, al is het maar een dier. Aan de andere kant wil ik de grot betreden en mijn verzoek doen. Dit vertegenwoordigt twee 'tegengestelde krachten' of 'tegengestelde paden'.

Ik blijf op het spoor en bid dat ik niets vind. Wie weet wordt de derde uitdaging van tafel geveegd. Ik denk niet dat de voogd zo genereus zou zijn. De regels moeten door iedereen worden gevolgd. Ik stop een beetje en kan het tafereel dat ik zie niet geloven: een Luipaard en zijn drie welpen, die om me heen dartelen. Dat is het. Ik zal de moeder van drie welpen niet doden. Ik heb het hart niet. Vaarwel succes, vaarwel grot van wanhoop. Dromen genoeg. De derde uitdaging heb ik niet afgemaakt en ik vertrek. Ik zal terugkeren naar mijn huis en naar mijn geliefden. Haastig ga ik terug naar de hut om mijn koffers te pakken. De derde uitdaging voldoe ik niet.

De cabine is afgebroken. Wat is de betekenis van dit alles? Een hand raakt mijn schouder lichtjes aan. Ik kijk achterom en zie de voogd.

"Mijn felicitaties, lieverd! Jullie hebben de uitdaging volbracht en hebben nu het recht om de grot van wanhoop binnen te gaan. Je hebt gewonnen!

De sterke omhelzing die ze me gaf, liet me nog meer in de war. Wat zei deze vrouw? Mijn droom en de grot toch gevonden kunnen worden? Ik geloofde het niet.

"Hoe bedoel je? De derde uitdaging heb ik niet afgemaakt. Kijk naar mijn handen: Ze zijn schoon. Ik zal mijn naam niet besmeuren met bloed.

"Weet je het niet? Denkt u dat een kind van God in staat zou zijn tot zo'n gruweldaad als wat ik vroeg? Ik twijfel er niet aan dat je waardig genoeg bent om je dromen te realiseren, hoewel het een tijdje kan duren voordat ze werkelijkheid worden. De derde uitdaging evalueerde je grondig en je toonde onvoorwaardelijke liefde voor Gods schepselen.

Dit is het belangrijkste voor een mens. Nog één ding: alleen een zuiver hart zal de grot overleven. Houd je hart en je gedachten schoon om het te overwinnen.

"Dank u, God! Dank u, het leven, voor deze kans. Ik beloof u niet teleur te stellen.

Emotie nam vat op me zoals het nog nooit eerder was geweest dat ik de berg beklom. Was de grot in staat om wonderen te verrichten? Ik stond op het punt om erachter te komen.

De grot van wanhoop

Na het winnen van de derde uitdaging was ik klaar om de gevreesde grot van wanhoop te betreden, de grot die onmogelijke dromen realiseert. Ik was de zoveelste dromer die zijn geluk ging beproeven. Sinds ik de berg op ging, was ik niet meer dezelfde. Nu had ik vertrouwen in mezelf en in het prachtige universum dat me vasthield. De vorige omhelzing die de vreemde vrouw me gaf, liet me ook meer ontspannen achter. Nu stond ze aan mijn zijde en ondersteunde me op alle mogelijke manieren. Dit was de steun die ik nooit kreeg van mijn dierbaren. Mijn onafscheidelijke koffer zit onder mijn arm. Het was tijd voor mij om afscheid te nemen van die berg en zijn mysteries. De uitdagingen, de bewaker, de geest, het jonge meisje en de berg zelf die leek te leven, ze hebben me allemaal geholpen om te groeien. Ik was klaar om te vertrekken en de gevreesde grot onder ogen te zien. De bewaker staat aan mijn zijde en zal me vergezellen op deze reis naar de ingang van de grot. We vertrekken omdat de zon al naar de horizon afdaalt. Onze plannen zijn in totale harmonie. De vegetatie rond het pad dat we hebben afgelegd, en het lawaai van dieren maakt de omgeving erg landelijk. De stilte van de bewaker gedurende de hele cursus lijkt de gevaren te voorspellen die de grot omsluit. We stoppen een beetje. De stemmen van de berg lijken me iets te willen zeggen. Ik maak van deze gelegenheid gebruik om het stilzwijgen te doorbreken.

"Mag ik iets vragen? Wat zijn die stemmen die me zo kwellen?

"Je hoort stemmen. Interessant. De heilige berg heeft het magische vermogen om alle dromende harten te herenigen. Je kunt deze magische vibraties voelen en interpreteren. Besteed er echter niet veel aandacht aan, omdat ze je tot mislukking kunnen leiden. Probeer je te concentreren op je eigen gedachten en hun activiteit zal minder zijn. Wees voorzichtig. De grot kan je zwakheden detecteren en tegen je gebruiken.

"Ik beloof voor mezelf te zorgen. Ik weet niet wat me te wachten staat in de grot, maar ik heb er vertrouwen in dat de verlichtende geesten me zullen helpen. Mijn lot staat op het spel en tot op zekere hoogte ook dat van de rest van de wereld.

"Oké, we hebben genoeg rust gehad. Laten we blijven lopen, want het zal niet lang meer duren tot zonsondergang. De grot zou ongeveer een kwart mijl van hier moeten zijn.

Het gerommel van voetstappen hervat. Een kwart mijl scheidde mijn droom van de realisatie ervan. We zitten aan de westkant van de top van de berg waar de wind steeds sterker wordt. De berg en zijn mysteries... Ik denk dat ik het nooit helemaal zal weten. Wat motiveerde me om het te beklimmen? De belofte dat het onmogelijke mogelijk wordt en mijn avonturiers- en scoutinginstinct. Wat mogelijk was, en een dagelijkse routine deden me de das om. Nu voelde ik me levend en klaar om uitdagingen te overwinnen. De grot nadert. Ik zie de ingang al. Het lijkt imposant, maar ik laat me niet ontmoedigen. Een scala aan gedachten dringt mijn hele wezen binnen. Ik moet mijn zenuwen onder controle houden. Ze konden me op tijd verraden. De bewaker geeft het sein om te stoppen. Ik gehoorzaam.

"Dit is het dichtste dat ik bij de grot kan komen. Luister goed naar wat ik ga zeggen, want ik zal het niet herhalen: Bid voordat je binnengaat een Onze Vader voor je beschermengel. Het zal je beschermen tegen de gevaren. Wanneer u binnenkomt, ga dan voorzichtig te werk om niet in valstrikken te vallen. Na het reizen door de belangrijkste loopbrug van de grot, een bepaalde hoeveelheid tijd, zul je drie opties tegenkomen: geluk, falen en angst. Kies voor geluk. Als je kiest voor falen, blijf je een arme gek die vroeger droomde. Als je ervoor kiest om bang te zijn, zul je jezelf volledig verliezen. Geluk geeft toegang tot nog twee scenario's die mij onbekend zijn. Onthoud: alleen de zuiveren van hart kunnen de grot overleven. Wees wijs en vervul je droom.

"Ik begrijp het. Het moment waar ik op heb gewacht sinds ik de berg op ging, is aangebroken. Dank u, bewaker, voor al uw geduld en ijver met mij. Ik zal je nooit vergeten of de momenten die we samen hebben doorgebracht.

Angst nam mijn hart in zijn greep toen ik afscheid van haar nam. Nu was het alleen ik en de grot, een duel dat de geschiedenis van de wereld en die van mij zou veranderen. Ik kijk er recht naar en haal mijn zaklamp uit mijn koffer om het pad te verlichten. Ik ben klaar om binnen te komen. Mijn benen lijken bevroren voor deze reus. Ik moet de kracht verzamelen om het pad voort te zetten. Ik ben Braziliaans en ik geef nooit, maar dan ook nooit op. Verder zet ik mijn eerste stapjes en heb ik het lichte gevoel dat er iemand bij mij komt kijken. Bovendien denk ik dat ik uitzonderlijk ben voor God. Hij behandelt me alsof ik zijn zoon ben. Mijn stappen beginnen te versnellen en uiteindelijk ga ik de grot in. De aanvankelijke fascinatie is overweldigend, maar ik moet voorzichtig zijn vanwege de valkuilen. De luchtvochtigheid is hoog en de kou intens. Stalactieten en stalagmieten vullen zich vrijwel overal om me heen. Ik ben ongeveer vijftig meter naar binnen gegaan en de rillingen beginnen me kippenvel te geven over mijn hele lichaam. Alles wat ik heb meegemaakt voordat ik de berg beklom, begint in me op te komen: de vernederingen, het onrecht en de afgunst van anderen. Het lijkt erop dat al mijn vijanden zich in die grot bevinden, wachtend op het beste moment om mij aan te vallen. Met een spectaculaire sprong overwin ik de eerste valstrik. Het vuur van de grot verslond me bijna. Nadja had niet zoveel geluk. Me vastklampend aan een stalactiet van het plafond dat op wonderbaarlijke wijze mijn gewicht doorstond, slaagde ik erin te overleven. Ik moet naar beneden en mijn reis naar het onbekende voortzetten. Mijn stappen versnellen, maar met de nodige voorzichtigheid. De meeste mensen haasten zich, haasten zich om te winnen of om doelen te voltooien. Fantastische behendigheid heeft me net gered van een tweede valstrik. Talloze speren werden naar me toe gehesen. Een van hen kwam zo dichtbij dat hij mijn gezicht krabde. De grot wil me vernietigen. Ik moet vanaf nu voorzichtiger zijn. Het is ongeveer een uur geleden dat ik de grot binnenging, en nog steeds ben ik nog niet op het punt gekomen waarover de bewaker sprak. Ik zou dichtbij moeten zijn. Mijn stappen gaan door, versneld en mijn hart geeft een waarschuwingssignaal. Af en toe letten we niet op de signalen die ons lichaam geeft. Dit is wanneer falen en teleurstelling gebeuren. Gelukkig is dat voor mij niet het geval. Ik hoor een heel hard geluid in mijn richting komen. Ik begin te rennen. In een paar ogenblikken realiseer ik me dat ik word achtervolgd door een gigantische steen die met een grote snelheid tuimelt. Ik ren een tijdje en met een plotselinge beweging kan ik wegkomen van de rots en beschutting vinden aan de zijkant van de grot. Wanneer de steen passeert, wordt het voorste deel van de grot gesloten en dan verschijnen er rechts vooraan drie deuren. Ze vertegenwoordigen geluk, falen en angst. Als ik voor falen kies, zal ik nooit iets anders zijn dan een arme gek die een dagdroomt om schrijver te worden. Mensen zullen medelijden met me hebben. Als ik ervoor kies om bang te zijn, zal ik nooit groeien of gekend worden door de wereld. Ik kon een dieptepunt bereiken en mezelf voor altijd verliezen. Als ik voor geluk kies, ga ik door met mijn droom en ga ik over in het tweede scenario.

Er zijn drie opties: een deur naar rechts, naar links en een in het midden. Elk van hen vertegenwoordigt een van de opties: geluk, falen of angst. Ik moet de juiste keuze maken. Ik heb met de tijd geleerd om mijn angsten te overwinnen: Angst voor het donker, angst om alleen te zijn en angst voor het onbekende. Verder ben ik niet bang voor succes of de toekomst. Angst moet de deur aan de rechterkant vertegenwoordigen. Falen is het gevolg van een slechte planning. Ik heb een paar keer gefaald, maar het heeft me niet doen afzien van mijn doelen. Falen moet dienen als les voor een latere overwinning. Falen moet de deur aan de linkerkant vertegenwoordigen. Ten slotte moet de middelste deur geluk vertegenwoordigen omdat de rechtvaardigen noch naar rechts, noch naar links draaien. Gerechtigheid is altijd gelukkig. Ik verzamel mijn kracht en kies de deur in het midden. Bij het openen heb ik ruim toegang tot een lounge en op het dak staat de naam Geluk geschreven. In het midden zit een sleutel die toegang geeft tot een andere deur. Ik had echt gelijk. Ik heb de eerste stap gezet. Dan rest mij er nog twee. Ik pak de sleutel en probeer hem in de deur. Het past perfect. Ik doe de deur open. Het geeft me toegang tot een nieuwe galerie. Ik begin het af te maken. Een veelheid aan gedachten overspoelt mijn geest: Wat zullen de nieuwe valkuilen zijn die ik onder ogen moet zien? Naar wat voor scenario zal deze galerij mij leiden? Er zijn veel onbeantwoorde vragen. Ik blijf lopen en mijn ademhaling wordt gespannen omdat de lucht steeds schaarser wordt. Ik heb al ongeveer een tiende van een mijl afgelegd en ik moet oplettend blijven. Verder hoor ik een geluid en val ik op de grond om mezelf te beschermen. Het is het geluid van kleine vleermuizen die om me heen schieten. Zullen ze mijn bloed zuigen? Zijn het carnivoren? Gelukkig voor mij verdwijnen ze in de weidsheid van de galerij. Ik zie een gezicht en mijn lichaam beeft, Is het een geest? Nee. Het is vlees en bloed en het komt op me af, klaar om te vechten. Het is een van de priester ninja's van de grot. Het gevecht begint. Hij is erg snel en probeert me op een cruciale plek te raken. Ik probeer aan zijn aanvallen te ontsnappen. Ik vecht terug met een aantal bewegingen die ik heb geleerd tijdens het kijken naar films. De strategie werkt. Het beangstigt hem en hij beweegt een beetje terug. Hij slaat terug met zijn vechtsporten, maar ik ben erop voorbereid. Ik sloeg hem op het hoofd met een steen die ik in de grot had opgeraapt. Hij valt bewusteloos. Ik ben totaal wars van geweld, maar in dit geval was het strikt noodzakelijk. Ik wil graag naar het tweede scenario gaan en de geheimen van de grot ontdekken. Verder begin ik weer te lopen, en blijf ik aandachtig en bescherm ik mezelf tegen eventuele nieuwe vallen. Met de luchtvochtigheid laag waait er een wind en word ik comfortabeler. Ik voel de stroming van positieve gedachten die door de Voogd worden gestuurd. De grot wordt nog donkerder en transformeert zichzelf. Een virtueel labyrint toont zich recht vooruit. Nog een van de vallen van de grot. De ingang van het labyrint is perfect zichtbaar. Maar waar is de uitgang? Hoe kom ik binnen en verdwaal ik niet? Ik heb maar één optie: steek het labyrint over en neem het risico. Ik raap mijn moed bij elkaar en zet de eerste stappen richting de ingang van het doolhof. Bid, lezer, dat ik de uitgang vind. Ik heb geen strategie in gedachten. Ik denk dat ik mijn kennis moet gebruiken om me uit deze puinhoop te halen. Met moed en geloof duik ik het doolhof in. Het lijkt van binnen verwarrender dan van buiten. De muren zijn breed en draaien in zigzaggen. Ik begin me de momenten in het leven te herinneren waarop ik mezelf verdwaalde als in een doolhof. De dood van mijn vader, zo jong, was een echte klap in mijn leven. De tijd die ik werkloos doorbracht en niet studeerde, zorgde er ook voor dat ik me verloren voelde, alsof ik in een doolhof zat. Ik zat nu in dezelfde situatie. Ik blijf lopen en er lijkt geen einde te komen aan het labyrint. Heb je je ooit wanhopig gevoeld? Zo voelde ik me, totaal wanhopig. Daarom heeft het de naam de grot van wanhoop. Ik verzamel mijn laatste beetje kracht en sta op. Ik moet koste wat het kost de uitweg vinden. Een laatste idee raakt me; Ik kijk omhoog naar het plafond en zie veel vleermuizen. Ik zal er een volgen. Ik noem hem 'tovenaar'. Een tovenaar zou in staat zijn om een doolhof te veroveren. Dit is wat ik nodig heb. De vleermuis vliegt met grote snelheid en ik moet het bijhouden. Het is goed dat ik fysiek fit ben, bijna een atleet. Ik zie het licht aan het einde van de tunnel, of beter nog, aan het einde van het labyrint. Ik ben gered.

Het einde van het labyrint heeft me naar een vreemd tafereel in de galerij van de grot geleid. Een kamer gemaakt van spiegels. Ik loop voorzichtig rond uit angst iets te breken. Ik zie mijn spiegelbeeld in de spiegel. Wie ben ik nu? Een arme jonge dromer die op het punt staat zijn lot te ontdekken. Ik kijk vooral bezorgd. Wat betekent dit alles? De muren, het plafond, de vloer, alles is samengesteld uit glas. Ik raak het oppervlak van een spiegel aan. Het materiaal is zo fragiel maar weerspiegelt getrouw het aspect van het zelf. Onmiddellijk verschijnt er een duidelijk beeld in drie van de spiegels, een kind, een jong persoon die een kist vasthoudt en een oude man. Ze zijn allemaal van mij. Is het een visie? Echt, ik heb kinderlijke aspecten zoals zuiverheid, onschuld en geloof in mensen. Ik betwijfel of ik van deze kwaliteiten af wil. De jongeman van vijftien vertegenwoordigt een pijnlijke fase in mijn leven: het verlies van mijn vader. Ondanks zijn starre en afstandelijke houding was hij mijn vader. Ik denk nog met weemoed terug aan hem. De oudere man vertegenwoordigt mijn toekomst. Hoe zal het zijn? Zal ik succesvol zijn? Getrouwd, ongehuwd of zelfs weduwe? Ik denk dat het beter zou zijn om geen opstandige of gekwetste oude man te zijn. Genoeg met deze beelden. Mijn cadeau is nu. Ik ben een jongeman van zesentwintig, met een graad in wiskunde, een schrijver. Ik ben geen kind meer, noch de vijftienjarige die zijn vader verloor. Verder ben ik ook geen oude man. Ik heb mijn toekomst voor me en ik wil gelukkig zijn. Ik ben geen van deze drie beelden. Verder ben ik mezelf. Met een impact breken de drie spiegels waarin de individuen verschenen en verschijnt er een deur. Het is mijn intrede in het derde en laatste scenario.

Ik open de deur die toegang geeft tot een nieuwe galerij. Wat staat me te wachten in het derde scenario? Laten we samen verder gaan, lezer. Ik begin te lopen en mijn hart versnelt alsof ik nog in de eerste scène zit. Ik heb veel uitdagingen en valkuilen overwonnen en beschouw mezelf al als een winnaar. In gedachten zoek ik de herinneringen aan vroeger toen ik in kleine grotten speelde. De situatie is nu heel anders. De grot is enorm en vol met vallen. Mijn zaklamp is bijna dood. Ik loop verder en rechtdoor komt een nieuwe val tevoorschijn: Twee deuren. De "tegengestelde krachten" schreeuwen in mij. Het is noodzakelijk om een nieuwe keuze te maken. Een van de uitdagingen komt in me op en ik herinner me hoe ik de moed had om het te overwinnen. Ik koos het pad aan de rechterkant. De situatie is echter anders omdat ik in een donkere, vochtige grot ben. Ik heb mijn keuze gemaakt, maar begin me ook de woorden te herinneren van de voogd die sprak over leren. Ik moet de twee krachten leren kennen om totale controle over hen te hebben. Verder kies ik voor de deur aan de linkerkant. Ik open hem langzaam; bang voor wat het misschien verbergt. Als ik het open, overweeg ik een visioen: ik ben in een heiligdom, gevuld met afbeeldingen van heiligen met een kelk op het altaar. Zou het de Heilige Graal kunnen zijn, de verloren kelk van Christus die eeuwige jeugd geeft aan hen die ervan drinken? Mijn benen trillen. Impulsief ren ik naar de kelk en begin ervan te drinken. De wijn smaakt hemels, van de Goden. Ik voel me duizelig, de wereld draait, de engelen zingen en het terrein van de grot huivert. Ik heb mijn eerste visioen: ik zie een Jood genaamd Jezus, samen met zijn apostelen, genezen, bevrijden en nieuwe perspectieven onderwijzen aan zijn volk. Verder zie ik het hele traject van zijn wonderen en zijn liefde. Ik zie ook het verraad van Judas en de Duivel achter zijn rug handelen. Eindelijk zie ik zijn opstanding en heerlijkheid. Ik hoor een stem tegen mij zeggen: Doe uw verzoek. Vol vreugde roep ik uit dat ik de Ziener wil worden!

Het Wonder

Kort na mijn verzoek beeft het heiligdom, vult zich met rook en hoor ik veranderde stemmen. Wat ze onthullen is volledig geheim. Een klein vuurtje stijgt op uit de kelk en landt in mijn hand. Het licht dringt door en verlicht de hele grot. De muren van de grot transformeren en maken plaats voor een kleine deur die verschijnt. Het opent zich en een harde wind begint me er naartoe te duwen. Al mijn inspanningen komen in me op: mijn toewijding aan het studeren, de manier waarop ik Gods wetten perfect heb gevolgd, de beklimming van de berg, de uitdagingen en zelfs deze passage in de grot. Dit alles heeft me een verbazingwekkende spirituele groei gebracht. Ik was nu bereid om gelukkig te zijn en mijn dromen te vervullen. De gevreesde grot van wanhoop had me gedwongen mijn verzoek te doen. Ik herinner me op dit sublieme moment ook al degenen die direct of indirect hebben bijgedragen aan mijn overwinning: mijn basisschoollerares, mevrouw Socorro, die me leerde lezen en schrijven, mijn leraren van het leven, mijn school- en werkvrienden, mijn familie en de voogd die me hielp de uitdagingen en deze grot te overwinnen. De harde wind blijft me richting de deur duwen en binnenkort ben ik in de geheime kamer.

De kracht die me duwde houdt eindelijk op. De deur gaat dicht. Ik zit in een gigantische kamer die hoog en donker is. Aan de rechterkant staat een masker, een kaars en een Bijbel. Aan de linkerkant is een cape, een kaartje en een kruisbeeld. In het midden, hoog, is een interessant uitziend cirkelvormig apparaat gemaakt van ijzer. Ik loop naar de rechterkant: ik zet het masker op, pak de kaars en open de Bijbel op een willekeurige pagina. Ik loop naar de linkerkant: ik trek de cape aan, schrijf mijn naam en alias op het kaartje en zet het kruisbeeld met de andere hand vast. Verder loop ik richting het midden, en positioneer ik me precies onder het apparaat. Ik spreek de vier magische letters uit: S-e-e-r. Onmiddellijk wordt een cirkel van licht uitgezonden door het apparaat en omhult me volledig. Ik ruik de wierook die elke dag wordt gebrand ter nagedachtenis aan de grote dromers: Martin Luther King, Nelson Mandela, Moeder Teresa, Franciscus van Assisi en Jezus Christus. Mijn lichaam trilt en begint te zweven. Mijn zintuigen beginnen te ontwaken en daarmee kan ik gevoelens en intenties dieper herkennen. Mijn gaven worden versterkt en met hen kan ik wonderen verrichten in tijd en ruimte. De cirkel sluit zich steeds meer en elk gevoel van schuld, intolerantie en angst wordt uit mijn hoofd gewist. Ik ben er bijna klaar voor: een opeenvolging van visioenen begint te verschijnen en verwart me. Uiteindelijk gaat de cirkel uit. Onmiddellijk wordt een reeks deuren geopend en met mijn nieuwe geschenken kan ik perfect zien, voelen en horen. Het geschreeuw van personages die zich willen manifesteren, verschillende tijden en plaatsen beginnen te verschijnen en belangrijke vragen beginnen mijn hart te corroderen. De uitdaging om helderziend te worden wordt gelanceerd.

De grot verlaten

Met alles bereikt, was alles wat nu overbleef voor mij om de grot te verlaten en mijn ware reis te maken. Mijn droom werd ingewilligd en moest nu gewoon aan het werk. Ik begin te lopen en met weinig tijd laat ik de geheime kamer achter me. Ik heb het gevoel dat geen enkel ander mens ooit het genoegen zal hebben om het te betreden. De grot van wanhoop zal nooit meer hetzelfde zijn nadat ik zegevierend, zelfverzekerd en gelukkig vertrek. Ik keer terug naar het derde scenario: De beelden van de heiligen blijven intact en lijken blij te zijn met mijn overwinning. De beker is omgevallen en is droog. De wijn was heerlijk. Ik werk me rustig een weg rond het derde scenario en voel de sfeer van de plek. Het is echt zo heilig als de grot en de berg. Ik schreeuw van vreugde en de geproduceerde echo strekt zich uit over de grot. De wereld zal niet meer hetzelfde zijn na de Ziener. Ik sta stil, denk na en overdenk mezelf op alle mogelijke manieren. Met een laatste afscheidskus verlaat ik het derde scenario en keer ik terug naar dezelfde deur aan de linkerkant die ik heb gekozen. Het pad van de Ziener zal niet gemakkelijk zijn, omdat het een uitdaging zal zijn om de tegengestelde krachten van het hart volledig te beheersen en dat vervolgens aan anderen te moeten leren. Het pad aan de linkerkant, dat mijn optie was, vertegenwoordigt kennis en voortdurend leren, of het nu met verborgen krachten, berouw of de dood zelf is. De wandeling wordt uitputtend omdat de grot uitgebreid, donker en erg vochtig is. De uitdaging van de Ziener kan groter zijn dan ik me realiseer: de uitdaging om harten, levens en gevoelens met elkaar te verzoenen. Dat is nog niet alles: ik moet nog voor mijn pad zorgen. De galerij wordt smal, en daarmee ook mijn gedachten. Mijn gevoelens van heimwee nemen toe, evenals nostalgie naar wiskunde en mijn eigen persoonlijke leven. Tot slot komt de nostalgie van mij. Ik bespoedig mijn stappen en al snel zit ik in het tweede scenario. Gebroken spiegels vertegenwoordigen nu de delen van mijn geest die werden bewaard en uitgebreid: de goede gevoelens, de deugden, de gaven en het vermogen om te herkennen wanneer ik me heb vergist. Het scenario van spiegels weerspiegelt mijn ziel. Deze zelfkennis neem ik mijn hele leven met me mee. Nog steeds opgeslagen in mijn geheugen zijn de figuren van het kind, de jonge vijftienjarige en de oudere man. Het zijn drie van mijn vele gezichten die ik bewaar omdat ze mijn geschiedenis zijn. Ik verlaat het tweede scenario en daarmee laat ik mijn herinneringen achter. Ik zit op de tribune die leidt tot het eerste scenario. Mijn verwachtingen van de toekomst en mijn hoop worden hernieuwd. Ik ben de Ziener, een geëvolueerd en speciaal wezen, voorbestemd om vele zielen te laten dromen. De post-grotperiode zal dienen als training en verbetering van reeds bestaande vaardigheden. Ik ga iets verder en vang een glimp op van het labyrint. Deze uitdaging heeft me bijna vernietigd. Mijn redding was Wizard, de vleermuis die me hielp de uitgang te vinden. Nu heb ik hem niet meer nodig want met mijn helderziende krachten kan ik hem makkelijk passeren. Ik heb de gave van begeleiding in vijf vlakken. Hoe vaak hebben we niet het gevoel dat we verdwaald zijn in een doolhof: Als we banen verliezen; Wanneer we teleurgesteld zijn in de grote liefde van ons leven; Wanneer we het gezag van onze superieuren tarten; Wanneer we de hoop en het vermogen om te dromen verliezen; Wanneer we ophouden leerlingen van het leven te zijn en wanneer we het vermogen verliezen om ons lot te sturen? Onthoud: het universum maakt de persoon vatbaar, maar wij zijn het die ervoor moeten gaan en bewijzen dat we het waard zijn. Dat heb ik gedaan. Ik ging de berg op, voerde drie uitdagingen uit, ging de grot in, versloeg de vallen en ik bereikte mijn bestemming. Ik kom door het labyrint, en het maakt me niet zo blij omdat ik de uitdaging al heb gewonnen. Verder ben ik van plan om nieuwe horizonten te zoeken. Evenzo heb ik ongeveer twee mijl gelopen tussen de geheime kamer, het tweede en het derde scenario en met dit besef voel ik me een beetje moe. Ik voel het zweet naar beneden druppelen; Ook voel ik de luchtdruk en lage luchtvochtigheid. Ik benader de ninja, mijn grote tegenstander. Hij lijkt nog steeds knock-out. Het spijt me dat ik je zo heb behandeld, maar mijn droom, mijn hoop en mijn lot stonden op het spel. Men moet belangrijke beslissingen nemen in belangrijke situaties. Angst, schaamte en moraliteit zitten alleen maar in de weg in plaats van te helpen. Ik streel zijn gezicht en probeer het leven in zijn lichaam te herstellen. Ik handel op deze manier omdat we niet langer tegenstanders zijn, maar metgezellen van deze episode. Hij heft zich op en met een diepe buiging feliciteert hij me. Alles bleef achter: de strijd, onze 'tegengestelde krachten', onze verschillende talen en onze verschillende doelstellingen. We leven in een andere situatie dan de vorige. We kunnen praten, elkaar begrijpen en wie weet zelfs vrienden zijn. Vandaar het volgende spreekwoord: Maak van je vijand een vurige en trouwe vriend. Uiteindelijk omhelst hij me, neemt afscheid en wenst me geluk. Ik antwoord. Hij zal deel blijven uitmaken van het mysterie van de grot en ik zal deel blijven uitmaken van het mysterie van het leven en van de wereld. We zijn 'tegengestelde krachten' die elkaar hebben gevonden. Dit is mijn doel in dit boek: het herenigen van de 'tegengestelde krachten'. Ik blijf lopen in de galerij die toegang geeft tot het eerste scenario. Ik voel me zelfverzekerd en volkomen kalm, in tegenstelling tot toen ik voor het eerst de grot inliep. Angst, duisternis en het onvoorziene maakten me allemaal bang. De drie deuren die geluk, angst en falen betekenden, hielpen me om te evolueren en het gevoel van dingen te begrijpen. Falen vertegenwoordigt alles waar we voor weglopen zonder te weten waarom. Falen moet altijd een moment van leren zijn. Dit is het punt waarop de mens ontdekt dat het niet perfect is, dat het pad nog steeds niet is getekend, en dit is het moment van reconstructie. Dit is wat we altijd moeten doen: Herboren worden. Neem bijvoorbeeld bomen: ze verliezen hun bladeren, maar niet hun leven. Laten we zijn zoals zij Wandelende metamorfoses zijn. Het leven vraagt dit. Angst is aanwezig wanneer we ons bedreigd of onderdrukt voelen. Het is het startpunt voor nieuwe mislukkingen. Overwin je angsten en ontdek dat ze alleen in je verbeelding bestaan. Ik heb een groot deel van de galerij van de grot bedekt en op dit moment ga ik door de deur van geluk. Iedereen kan door deze deur gaan en zichzelf ervan overtuigen dat geluk bestaat en kan worden bereikt als we het volledig eens zijn met het universum. Het is relatief eenvoudig. De arbeider, de metselaar, de conciërge vervult graag hun missies; De boer, de suikerrietplanter, de cowboy verzamelen graag het product van hun arbeid; de leraar in het onderwijzen en leren; de schrijver in schrijven en lezen; de priester die de goddelijke boodschap verkondigt, en behoeftige kinderen, wezen en bedelaars zijn blij met het ontvangen van woorden van genegenheid en zorg. Geluk zit in ons en verwacht voortdurend ontdekt te worden. Om echt gelukkig te zijn, moeten we haat, roddels, mislukkingen, angst en schaamte vergeten. Ik blijf lopen en ik zie alle valkuilen die ik heb beheerd en vraag me af waar mensen van gemaakt zijn als ze geen overtuigingen, paden of lotsbestemmingen hebben. Geen van hen zou de vallen hebben overleefd omdat ze geen vangnet, licht of kracht hebben die hen ondersteunt. De mens is niets als hij alleen is. Hij maakt pas iets van zichzelf als hij verbonden is met de krachten van de mensheid. Hij kan alleen zijn plaats maken als hij in volledige harmonie is met het universum. Dat is hoe ik me nu voel: In volledige harmonie omdat ik de berg op ging, won ik de drie uitdagingen en versloeg ik de grot, de grot die mijn droom waarmaakte. Mijn wandeling nadert zijn einde omdat ik licht zie komen van de ingang van de grot. Binnenkort ben ik eruit.

De reünie met de Voogd

Ik ben uit de grot. De lucht is blauw, de zon is sterk en de wind is noordwest. Ik begin de hele buitenwereld te overdenken en begrijp hoe mooi en uitgestrekt het universum werkelijk is. Ik voel me een belangrijk onderdeel ervan omdat ik de berg opging, de drie uitdagingen uitvoerde, werd getest door de grot en won. Bovendien voel ik me ook in alle opzichten getransformeerd omdat ik vandaag niet langer alleen een dromer ben, maar een visionair, gezegend met geschenken. De grot heeft echt een wonder verricht. Wonderen gebeuren elke dag, maar we beseffen het niet. Een broederlijk gebaar, de regen die het leven doet herleven, aalmoezen, vertrouwen, geboorte, ware liefde, een compliment, het onverwachte, het geloof dat bergen verzet, geluk en bestemming; het vertegenwoordigt allemaal het wonder dat het leven is. Het leven is genereus.

Ik blijf de buitenkant aanschouwen, helemaal vol ontzag. Ik ben verbonden met het universum en het met mij. We zijn één met dezelfde doelen, hoop en overtuigingen. Ik ben zo geconcentreerd dat ik weinig merk als een klein handje mijn lichaam aanraakt. Ik blijf in mijn specifieke en unieke spirituele herinnering, totdat een lichte onbalans veroorzaakt door iemand me van mijn as slaat. Verder stel ik de vraag en zie ik een jongen en de voogd. Ik denk dat ze al een tijdje aan mijn zijde staan, en ik had het niet door.

"Dus je hebt de grot overleefd. Gefeliciteerd! Ik hoopte dat je dat zou doen. Van alle krijgers die al probeerden de grot binnen te gaan en hun dromen te realiseren, was jij de meest capabele. Je moet echter weten dat de grot slechts één stap is tussen de vele die je in het leven zult tegenkomen. Kennis is wat je ware kracht zal geven, en dit is iets dat niemand van je zal kunnen afnemen. De uitdaging is gelanceerd. Ik ben hier om je te helpen. Zie hier, Ik heb je dit kind gebracht om je te vergezellen op je ware reis. Hij zal van grote hulp zijn. Jullie missie is om de "tegengestelde krachten" te herenigen en ze op een ander moment vrucht te laten dragen. Iemand heeft uw hulp nodig en daarom zal ik u sturen.

"Dank u wel. De grot heeft mijn droom echt waargemaakt. Nu ben ik de Ziener en ben ik klaar voor nieuwe uitdagingen. Wat is deze ware reis? Wie is deze persoon die mijn hulp nodig heeft? Wat gebeurt er met mij?

"Vragen, vragen, mijn lief. Ik zal er een beantwoorden. Met je nieuwe krachten maak je een reis terug in de tijd om onrecht te verdraaien en iemand te helpen zichzelf te vinden. De rest ontdek je zelf. Je hebt precies dertig dagen om deze missie uit te voeren. Verspil geen tijd.

"Ik begrijp het. Wanneer kan ik gaan?

"Vandaag. De tijd dringt.

Dat gezegd hebbende, de voogd overhandigde me het kind en nam in der minne afscheid. Wat staat me te wachten op deze reis? Zou het kunnen dat de Ziener echt onrecht kan oplossen? Ik denk dat al mijn krachten nodig zullen zijn om het goed te doen op deze reis.

Afscheid nemen van de berg

De berg ademt een lucht van rust en vrede. Sinds ik hier ben, heb ik geleerd om het te respecteren. Ik denk dat dit me ook heeft geholpen om het op te schalen, om de uitdagingen te overwinnen en de grot te betreden. Het was echt bang. Dat werd het door de dood van een mysterieuze sjamaan die een vreemd pact sloot met de krachten van het universum. Hij beloofde zijn leven te geven in ruil voor het herstel van de vrede in zijn stam. Eeuwenlang domineerden de Xukuru de regio. In die tijd waren hun stammen in oorlog door de list van een tovenaar van de noordelijke stam. Hij hunkerde naar macht en totale controle over de stammen. Hun plannen omvatten ook wereldheerschappij met hun duistere kunsten. Zo begon de oorlog. De zuidelijke stam sloeg terug, de aanvallen en de dood begon. De hele Xukuru-natie werd met uitsterven bedreigd. Toen herenigde de sjamaan van het zuiden zijn krachten en sloot het pact. De zuidelijke stam won het geschil, de tovenaar werd gedood, de sjamaan betaalde de prijs van zijn verbond en de vrede werd hersteld. Sindsdien is de berg Ororubá heilig geworden.

Ik sta nog steeds aan de rand van de grot de situatie te analyseren. Ik heb een missie te volbrengen en een jongen om voor te zorgen, ook al ben ik zelf nog geen vader. Verder analyseer ik de jongen van top tot teen, en meteen besef ik het. Hij is hetzelfde kind dat ik probeerde te redden uit de klauwen van die wrede man. Het lijkt me dat hij stom is, want ik heb hem nog niet horen spreken. Ik probeer de stilte te doorbreken.

"Zoon, hebben je ouders ermee ingestemd dat je met me meereist? Kijk, ik neem je alleen mee als het strikt noodzakelijk is.

"Ik heb geen familie. Mijn moeder is drie jaar geleden overleden. Daarna zorgde mijn vader voor mij. Ik werd echter zo mishandeld dat ik besloot te ontsnappen. De voogd zorgt nu voor mij. Onthoud wat ze zei: Je hebt me nodig op deze reis.

"Het spijt me. Vertel eens: Hoe heeft je vader je mishandeld?

"Hij liet me twaalf uur per dag werken. Maaltijden waren schaars. Ik mocht niet spelen om te studeren of zelfs om vrienden te hebben. Hij sloeg me vaak. Bovendien heeft hij me nooit enige vorm van genegenheid gegeven die een vader zou moeten geven. Dus besloot ik weg te lopen.

"Ik begrijp je beslissing. Ondanks dat je een kind bent, ben je heel wijs. Je zult niet meer lijden onder dit monster van een vader. Ik beloof je goed te zullen verzorgen op deze reis.

"Voor mij zorgen? Ik betwijfel het.

"Hoe heet je?

"Renato. Dat was de naam die de voogd voor mij koos. Vroeger had ik geen naam of rechten. Wat is van jou?

"Aldivan. Maar je kunt mij de Ziener of Het Kind van God noemen.

"Oké. Wanneer zullen we vertrekken, Ziener?

"Binnenkort. Nu moet ik afscheid nemen van de berg.

Met een gebaar maakte ik een signaal zodat Renato me zou vergezellen. Ik zou door alle paden en berghoeken cirkelen voordat ik naar een onbekende bestemming vertrok.

Een reis terug in de tijd

Ik heb zojuist afscheid genomen van de berg. Het was belangrijk in mijn spirituele groei en droeg bij aan mijn kennis. Ik zal er goede herinneringen aan hebben: de gezellige top waar ik de uitdagingen voltooide, de bewaker ontmoette en waar ik de grot binnenging. Ik kan de geest, het jonge meisje of het kind, dat nu met me meegaat, niet vergeten. Ze waren belangrijk in het hele proces omdat ze me aan het denken zetten en mezelf bekritiseerden. Ze hebben bijgedragen aan mijn kennis van de wereld. Nu was ik toe aan een nieuwe uitdaging. De tijd van de berg is voorbij, die van de grot ook, en nu reis ik terug in de tijd. Wat staat me te wachten? Zal ik veel avonturen beleven? De tijd zal het leren. Ik sta op het punt om de top van de berg te verlaten. Ik neem mijn verwachtingen mee, de tas, mijn spullen en de jongen die me niet loslaat. Van bovenaf zie ik de straat en de inhoud ervan in het dorp Mimoso. Het ziet er klein uit, maar het is belangrijk voor mij omdat ik daar de berg opging, de uitdagingen won, de grot binnenging en de bewaker, de geest, het jonge meisje en de jongen ontmoette. Dit alles was belangrijk voor mij om de Ziener te worden. De Ziener, de persoon die in staat was om de meest verwarde harten te begrijpen en tijd en afstand te overstijgen om anderen te helpen. De knoop was doorgehakt. Ik zou vertrekken.

Ik pak de arm van het kind stevig vast en begin me te concentreren. Een koude wind slaat toe, de zon warmt een beetje op en de stemmen van de berg beginnen te werken. Dan hoor ik onderaan een flauw stemmetje om hulp roepen. Ik concentreer me op deze stem en begin mijn krachten te gebruiken om te proberen hem te vinden. Het is dezelfde stem die ik hoorde in de grot van wanhoop. Het is de stem van een vrouw. Ik kan een cirkel van licht om me heen creëren om ons te beschermen tegen de gevolgen van het reizen door de tijd. Ik begin onze snelheid te versnellen. We moeten de snelheid van het licht bereiken om de tijdsbarrière te doorbreken. De luchtdruk neemt beetje bij beetje toe. Ik voel me duizelig, verloren en verward. Even betreed ik werelden en vlakken parallel aan de onze. Ik zie onrechtvaardige samenlevingen en tirannen als in de onze. Ik zie de wereld van de geesten en observeer hoe ze werken in de perfecte planning van onze wereld. Niet alleen dat, maar ik zie vuur, licht, duisternis en gordijnen van rook. Ondertussen versnelt onze snelheid nog meer. We zijn dicht bij het overschrijden van de snelheid van het licht. De wereld draait om en even zie ik mezelf in een oud Chinees imperium, werkend op een boerderij. Er gaat nog een seconde voorbij en ik ben in Japan, waar ik snacks serveer aan de keizer. Snel verander ik van locatie en zit ik in een ritueel, in Afrika, bij een Goden-aanbiddingssessie. Ik blijf levens voortdurend herbeleven in mijn herinnering. De snelheid neemt nog meer toe en in een oogwenk zijn we in extase. De wereld stopt met draaien, de cirkel valt uiteen en we vallen op de grond. De reis terug in de tijd was compleet.

Waar ben ik?

Ik word wakker en besef dat ik alleen ben. Wat is er met Renato gebeurd? Zou het kunnen dat hij de tijdreis niet heeft overleefd? Nou, dat was alles wat ik op dat moment kon concluderen. Wachten? Waar ben ik? Ik ken deze plek niet. Er is geen grond, er is geen lucht en het is een compleet vacuüm. Iets verder weg van de plek waar ik ben, zie ik een ontmoeting van mensen in processie, allemaal in het zwart gekleed. Ik benader ze om erachter te komen waar het over gaat. Ik hou er niet van om alleen op onbekende plekken te zijn. Bij dichterbij besef ik dat dit niet bepaald een processie is, maar een begrafenis. De kist staat in het midden van drie mensen. Ik ga naar een van de aanwezigen.

"Wat gebeurt er? Wiens begrafenis is dit?

"Wat begraven wordt is het geloof en de hoop van deze mensen.

"Wat? Hoe?

Zonder het te kunnen begrijpen, loop ik weg van de begrafenis. Wat deden die gekke mensen? Voor zover ik wist, begroef je de doden en niet de gevoelens. Geloof en hoop mogen nooit begraven worden, ook al is het een wanhopige situatie. De begrafenis verdwijnt aan de horizon. De zon verschijnt en een intens licht is te zien op de top van de vlakte. Het licht dringt door en verteert mijn hele wezen. Ik vergeet alle problemen, zorgen en lijden. Het is de visie van de Schepper en ik voel me volledig ontspannen en vol vertrouwen in zijn aanwezigheid. In het vliegtuig eronder een schaduwgolf en daarmee boosdoeners. Het visioen van de duisternis verbittert me. De twee afzonderlijke vlaktes vertegenwoordigen de "tegengestelde krachten" waarmee men voortdurend in het universum wordt geconfronteerd. Ik sta aan de kant van het goede en ik zal er hard aan werken om ervoor te zorgen dat het altijd zal zegevieren. De twee vlaktes verdwijnen uit mijn zicht en alleen de lege ruimte blijft nu bij me. De grond verschijnt, de blauwe lucht schijnt en in een oogwenk word ik wakker, alsof alles niets meer is dan een droom.

Eerste indrukken

Het ware ontwaken laat me in goed humeur achter. De reis in de tijd lijkt een succes te zijn geweest. Aan mijn zijde, nog steeds slapend, zie ik Renato lijken alsof hij echt van de reis heeft genoten. Waar ben ik? Zo meteen kom ik erachter. Ik overdenk de plek zorgvuldig en het ziet er bekend uit. De bergen, vegetatie, topografie, alles is hetzelfde.

Wachten. Er is iets anders. Het dorp lijkt niet meer hetzelfde te zijn. De huizen die nu bestaan, verspreid van de ene kant naar de andere, als ze op een rij worden samengevoegd, zouden niet meer dan één straat vormen. Ik begrijp wat er gebeurde: we reisden in de tijd, maar niet in de ruimte. Ik moet de berg af om dit alles te observeren. Verder benader ik Renato en begin ik hem te schudden. We kunnen geen tijd verspillen met vertragingen, want we hebben precies dertig dagen om iemand te helpen die ik nog steeds niet eens heb ontmoet. Renato strekt zich uit en begint met tegenzin met mij de berg af te dalen. Ik denk dat hij de strijd van het tijdreizen nog niet heeft overwonnen. Hij is nog een kind en heeft mijn zorg nodig.

We hebben een groot deel van de route afgedaald en Mimoso nadert steeds meer. Nu al zien we kinderen op straat spelen, wasvrouwen met hun zakken op een nabijgelegen dam, jongeren die socializen op het kleine lokale plein. Wat staat ons te wachten? Ik vraag me af wie er hulp nodig heeft. Al deze antwoorden zullen in het boek worden verkregen. Er valt iets op in de Mimoso-hemel: donkere wolken vullen de hele omgeving. Wat betekent dit? Ik zal het moeten uitzoeken. Onze stappen versnellen en we zijn ongeveer honderd meter van het dorp verwijderd. In het noorden is een torenhoog, stijlvol en mooi huis. Het moet dienen als de woonplaats voor iemand die belangrijk is. In het westen valt tussen de huizen een zwart kasteel op. Het is eng alleen al door het uiterlijk. Eindelijk komen we aan. We zijn in de centrale regio waar de meeste huizen zich bevinden. Ik moet een hotel vinden om uit te rusten, want de reis was lang en vermoeiend. Mijn tassen wegen zwaar op mijn armen. Ik spreek een van de bewoners die me vertelt waar ik er een kan vinden. Het is iets zuidelijker van waar we waren. We vertrekken om daarheen te gaan.

Het Hotel

De reis van waar we waren tot aan het hotel verliep rustig. We werden maar een beetje geobserveerd door de mensen die we ontmoetten.

Onder deze mensen vielen enkele figuren op: een vrouw met een hoed in de stijl van Carmen Miranda, een jongen met zweepsporen op zijn rug en een verdrietig meisje vergezeld van drie sterke mannen die haar lijfwachten leken te zijn. Ze gedroegen zich allemaal vreemd alsof dit dorp geen gewone gemeenschap was. We staan voor het hotel. Aan de buitenkant kan het als volgt worden beschreven: een bakstenen woning met één verdieping, met een oppervlakte van ongeveer 1600 vierkante voet met een huiselijk, omgekeerd, V-vormig dak. Het raam en de voordeur zijn van hout en zijn bedekt met mooie gordijnen. Er is een kleine tuin, waar bloemen van verschillende soorten groeien. Dit was het enige hotel in Mimoso, dus we zijn op de hoogte gebracht. Naast de deur, op slechts een paar meter afstand, was een benzinestation. Ik probeerde de bel te vinden, maar dat lukte niet. Ik herinnerde me dat we waarschijnlijk in meer oude tijden waren en bovendien waren we op het platteland waar de vooruitgang van de beschaving nog niet is aangekomen. De oplossing, waar aandacht aan besteed moest worden, was om de oude methode van schreeuwen te gebruiken die zelfs de verstokte doven wakker maakt.

"Hallo! Iemand daar?

Het duurt niet lang of de deur kraakt en zo komt de figuur tevoorschijn van een statige vrouw van zo'n zestig jaar met lichte ogen en rood haar. Ze was dun, had blozende wangen en door haar gelaat te analyseren is ze gewoon een beetje overstuur.

"Wat voor lawaai is dit in mijn etablissement? Heb je geen manieren?

"Het spijt me, maar het was de enige manier die ik kon zien om je aandacht te trekken. Bent u de eigenaar van het hotel? We hebben dertig dagen accommodatie nodig. Ik zal u royaal betalen.

"Ja, ik ben al meer dan dertig jaar eigenaar van dit hotel. Mijn naam is Carmen. Ik heb maar één kamer beschikbaar. Heb je interesse? Het hotel is niet luxueus, maar het biedt goed eten, vrienden, regelmatige accommodaties en een bepaalde familie-omgeving.

"Ja, dat accepteren we. We zijn moe omdat we een lange reis hebben gehad. De afstand van hier naar de hoofdstad is ongeveer honderdveertig mijl.

"Nou dan, de kamer is van jou. De contractuele grondslagen zullen we later uitzoeken. Welkom. Kom binnen en ontspan. Doe alsof je thuis bent.

We gaan door de tuin die toegang geeft tot de ingang. Goede rust en goed eten zouden onze kracht echt kunnen herwinnen. Deze dame die ons antwoordde en die we nu volgden was echt heel aardig. Het verblijf in het hotel zou niet zo eentonig zijn. Toen ze een beetje tijd had konden we praten en elkaar beter leren kennen. Daarnaast moest ik uitzoeken wie ik zou moeten helpen en welke uitdagingen ik moest overwinnen om de 'tegengestelde krachten' te herenigen. Dit betekende een volgende stap in mijn evolutie als helderziende.

De deur wordt geopend door Carmen en we komen binnen in een kleine kamer met meubels die kenmerkend zijn voor de huidige tijd en versierd met renaissanceschilderijen. De sfeer is echt heel vertrouwd. Op een bankje aan de rechterkant zitten drie mensen. Een jongeman, ongeveer twintig jaar oud, slank, zwarte ogen en haar en zeer knap; Een man van zo'n veertig jaar, met een goede lichaamsbouw, zwart haar en bruine ogen, een jeugdige uitstraling en een innemende glimlach; en een oudere man, donker van huidskleur, krullend haar, met een serieuze houding en blik op zijn gezicht. Carmen gebaarde om ons voor te stellen:

"Dit is mijn man Gumercindo (wijzend naar de oudere man), en dit zijn mijn andere gasten: Rivanio, (de veertigjarige), hij staat bekend als Vaninho en is een bediende op het treinstation en Gomes (de jongeman), is een werknemer in de landbouwwinkel.

"Mijn naam is Aldivan en dit is mijn neef, Renato.

Terwijl er presentaties worden gemaakt, leidt Carmen ons naar onze kamer. Het is ruim, licht en luchtig. Er staan twee bedden in, en dit maakt me meer ontspannen. We leggen onze tassen weg, passen ons op en op dat moment verlaat Carmen ons. We rusten even uit en later eten we.

Het diner

Na een goede nachtrust word ik wakker met hernieuwde krachten. Ik zit samen met Renato in de hotelkamer. Mijn bewustzijn weegt op me als ik me realiseer dat ik leugens heb verteld. Ik kom niet uit Recife, en Renato ook niet uit mijn neef. Het was echter het beste. Ik ken de mensen aan wie ik me heb voorgesteld nog steeds niet echt. Het is beter om in de verdediging te blijven, want vertrouwen is iets wat je verdient. Bij nader inzien, als ik de waarheid zou vertellen, zouden ze me voor gek verklaren. De waarheid is dat ik naar de berg ging op zoek naar mijn dromen; Ik voerde drie uitdagingen uit en betrad de gevreesde grot van wanhoop. Door vallen en scenario's te ontwijken, werd ik de Ziener en maakte ik een reis door de tijd op zoek naar het onbekende. Nu was ik daarop zoek naar antwoorden. Ik sta op uit bed, ik maak Renato wakker en samen gaan we naar de eetkamer. We hadden honger omdat we ongeveer zes uur niet hebben gegeten.

We kwamen de eetzaal binnen, begroetten elkaar en gingen zitten. Het feest dat wordt geserveerd is gevarieerd en is typisch Noordoost-elijk: Maïs havermout met melk of maïsmeel stoofpot met kip zijn de opties. Als dessert is er cassavedeegcake. Er ontstaat een gesprek en iedereen doet mee.

"Nou, meneer Aldivan, wat doet u voor de kost, en wat brengt u naar deze kleine plek? Ondervroeg Carmen.

"Ik ben naast wiskundeleraar ook verslaggever en journalist. Ik werd door de krant van de hoofdstad gestuurd om een goed verhaal te vinden. Is het waar dat deze plek diepe mysteries verbergt?

"Denk ik. Het is ons echter verboden om erover te praten. Voor het geval je het niet wist, we leven onder de wetten en de orde van keizerin Clemilda. Ze is een machtige tovenares die duistere krachten gebruikt om degenen die ongehoorzaam zijn te straffen. Blijf alert: ze kan alles horen.

Even verslik ik me bijna in mijn eten. Nu begreep ik de betekenis van de donkere wolken. Het evenwicht van 'tegengestelde krachten' was verbroken. Deze boze vrouw blokkeerde de zonnestralen, haar zuivere licht. Deze situatie kon niet lang zo blijven, anders zou Mimoso samen met zijn inwoners kunnen omkomen.

"Klopt het dat journalisten veel liegen? Vraagt Rivanio.

"Dat gebeurt niet, althans niet in mijn geval. Ik probeer trouw te zijn aan mijn overtuigingen en aan het nieuws. Een echte journalist is iemand die serieus, ethisch en gepassioneerd is over zijn vak.

"Ben je getrouwd? Wat zijn je levensdoelen? Vraagt Carmen.

"Nee. Ooit zei iemand me dat God iemand naar me toe zou sturen. Ik ben momenteel gefocust op mijn studie en op mijn dromen. Liefde zal op een dag komen, als het mijn bestemming is.

"Meneer Gumercindo, vertel me over Mimoso.

"Het is alsof mijn vrouw zei: meneer, het is ons verboden om te praten over de tragedie die hier een paar jaar geleden is gebeurd. Sinds Clemilda begon te regeren, is ons leven niet meer hetzelfde geweest.

Emotie overwon iedereen die in de kamer was. Tranen straalden indringend over het gezicht van Gumercindo. Dit was het gezicht van een arme man die de wrede dictatuur van deze tovenares beu was. Het leven had voor deze mensen zijn betekenis verloren. Het enige wat hen nog restte was dat ze stierven met heel weinig hoop dat iemand hen zou helpen.

"Rustig aan, iedereen. Het is niet het einde van de wereld. Deze staat van zijn kan niet lang duren. De tegengestelde krachten van de wereld moeten in evenwicht blijven. Maak je niet druk. Ik zal je helpen.

"Hoe? De heks heeft macht over mensen. Haar plagen hebben vele levens verwoest. (Gomes)

"De krachten van het goede zijn ook krachtig. Ze zijn in staat om hier vrede en harmonie te herstellen. Geloof me.

Mijn woorden lijken niet het gewenste effect te hebben. Het gesprek verandert en ik kan me er niet op concentreren. Wat dachten deze mensen? God gaf echt om hen. Anders zou ik niet de berg op zijn gegaan, de uitdagingen niet zijn aangegaan, de grot hebben overwonnen en de bewaker hebben ontmoet. Dit alles was een teken dat dingen konden veranderen. Ze wisten het echter niet. Geduld was nodig om hen te overtuigen om me de waarheid te vertellen, of me op zijn minst een weg te wijzen. Ik maak het avondeten af samen met Renato. Ik sta op van de tafel, verontschuldig me en ga slapen. De volgende dag zal van vitaal belang zijn in mijn plannen.

Een wandeling door het dorp

Er verschijnt een nieuwe dag. De zon komt op, de vogels zingen en de frisheid van de ochtend omhult de hele hotelkamer waarin we ons bevinden. Ik word wakker met een vreselijk gevoel. Renato is al wakker. Ik rek me uit, poets mijn tanden en neem een douche. Wat ik de avond ervoor hoorde, maakt me enigszins ongerust. Hoe kon Mimoso gedomineerd worden door een boze heks? Onder welke omstandigheden? Het mysterie was te diep voor mij. Het christendom werd in de zestiende eeuw in Amerika geïmplementeerd en sindsdien is het oppermachtig geworden en heeft het hele continent in toom gehouden. Waarom dan, daar, in het midden van niets, domineerde het kwaad? Ik moest de oorzaken en de redenen daarvoor achterhalen.

Ik verlaat de kamer en ga naar de keuken om te ontbijten. De tafel is gedekt en ik zie wat lekkers: Maniok, tapioca en aardappel. Ik begin mezelf te dienen omdat ik me thuis voel. De andere gasten komen aan en gedragen zich op dezelfde manier. Niemand raakt het onderwerp van de avond ervoor aan, en niemand durft dat ook. Carmen komt naar me toe en biedt me een kopje thee aan. Ik accepteer het. Theeën zijn goed voor het verlichten van hartzeer en het verhogen van iemands geest. Ik ga met haar in gesprek.

"Kun je iemand krijgen om me te begeleiden terwijl ik in Mimoso ben? Ik wil graag wat interviews doen.

"Het is niet nodig, lieverd. Mimoso is niets meer dan een dorp.

"Ik ben bang dat je me verkeerd hebt begrepen. Ik wil iemand die intiem is met de mensen, iemand die ik kan vertrouwen.

"Nou, dat kan ik niet, want ik heb veel taken. Al mijn gasten werken. Ik heb een idee: Zoek naar Felipe, zoon van de eigenaar van het Magazijn. Hij heeft vrije tijd.

"Bedankt voor de tip. Ik weet waar het magazijn zich in het centrum bevindt. Ik bel Renato en we gaan samen.

"Prachtig. Ik wens u veel succes.

Ik roep om Renato die nog in de hotelkamer zit. Ik hoop ook dat hij gaat ontbijten, zodat we kunnen vertrekken. Kan ik nauwkeurige informatie krijgen over de zaak van Mimoso? Ik wilde het graag weten. Renato maakt zijn ontbijt af; we nemen afscheid van Carmen en vertrekken uiteindelijk. Het plein naast het hotel zit vol met jongeren en kinderen. De jonge kinderen staan met elkaar te praten en de kinderen spelen. Ik observeer alle opwinding tijdens het passeren. Ik sla de hoek om richting het centrum en kom snel aan bij het magazijn. Een man van een jaar of vijftig is de suppoost. Ik geef het sein dat de man langs moet komen.

"Hoe kan ik je helpen?

"Ik ben op zoek naar Felipe. Waar hij is, alstublieft?

"Felipe is mijn zoon. Even bellen, ik bel hem. Hij ligt in het depot.

De man loopt weg en komt kort daarna terug vergezeld van een jonge roodharige, en is mager gebouwd als een man van een jaar of zeventien.

"Ik ben Felipe. Wat had je nodig?

"Carmen raadde je me aan. Ik heb je nodig om me te vergezellen op een aantal interviews. Mijn naam is Aldivan, leuk je te ontmoeten.

"Tuurlijk, mijn plezier, ik zal je vergezellen. Ik heb wat vrije tijd. We kunnen beginnen met de apotheek die naast de deur ligt. De eigenaar is een kenner van de plek, want hij is hier al sinds de oprichting.

"Geweldig. We gaan.

Begeleid door Renato en Felipe ga ik naar de Apotheek waar ik mijn eerste interview zal voeren. Het feit dat ik geen echte journalist ben, maakt me een beetje nerveus en angstig. Ik hoop dat ik het goed doe. Ik ging immers de berg op, ik voerde drie uitdagingen uit en ik slaagde voor de test van de grot. Een simpel interview zal me niet afbreken. Bij aankomst bij de apotheek worden we te snel geholpen. We worden voorgesteld aan de eigenaar. Ik vraag om hem te interviewen, en hij stemt toe. We trekken ons terug op een meer geschikte locatie waar we alleen kunnen zijn en kunnen praten. Ik begin verlegen aan het interview.

"Klopt het dat je een van de oudste bewoners bent, een van de oprichters van deze plek?

"Ja, en noem me niet meneer. Mijn naam is Fabio. Mimoso begon echt op te vallen sinds de implantatie van de spoorwegafdeling. Vooruitgang en moderne technologie arriveerden in 1909 met de Great Western-treinen. De Britse ingenieurs Calander, Tolester en Thompson ontwierpen de sporen van de spoorlijn, bouwden de stationsgebouwen en Mimoso begon te groeien. Handel werd geïmplementeerd en Mimoso werd een van de grootste magazijnen in de regio, de tweede alleen voor Carabais. Mimoso is voorbestemd om te groeien en daarom ben ik hier.

"Is het leven hier altijd soepel verlopen, of heeft het tragische gebeurtenissen meegemaakt?

"Ja, dat is het geweest. In ieder geval tot een jaar geleden. Sindsdien is het niet meer hetzelfde geweest. Mensen zijn verdrietig en hebben alle hoop verloren. We leven onder een dictatuur. De belastingdruk is te hoog, we hebben geen vrijheid van meningsuiting en we moeten onze stemmen aan verborgen krachten geven. Religie is voor ons synoniem geworden met onderdrukking. Onze Goden zijn wrede Goden die bloed en wraak willen. We hebben het echte contact met God de Vader, de Enige en Enige, verloren.

"Vertel me over wat er een jaar geleden is gebeurd.

"Ik wil niet, en ik kan niet eens praten over de tragedie. Het is heel pijnlijk.

"Alsjeblieft, ik heb deze informatie nodig.

"Nee. Mijn familie zou lijden als ik het je zou vertellen. De geesten kunnen alles horen en zouden het Clemilda vertellen. Ik kon niet zoveel risico nemen.

Ik dring aan, keer op keer, maar hij wordt onvermurwbaar. Angst heeft hem tot een lafaard en kleingeestig gemaakt. Hij trekt zich zonder verdere uitleg terug uit de plaats. Ik ben alleen, rusteloos en vol vragen. Waarom zijn ze zo bang voor deze tovenares? Over welke tragedie sprak hij? Ik had deze informatie nodig om te weten op welke grond ik stond. Ik was de Ziener, begiftigd met gaven, maar dat maakte het er niet makkelijker op. Als deze Clemilda de duistere krachten zou regeren, zou ze een geduchte tegenstander zijn. Zwarte magie kan elk mens vangen, zelfs de ongrijpbare. De botsing van de "tegengestelde krachten" kon het universum vernietigen, en dit was het verste van mijn gedachten. Voorzichtigheid was onmiddellijk geboden. Wat voor mij duidelijk was, was dat het evenwicht van "tegengestelde krachten" was verbroken en dat het mijn missie was om het te herenigen. Maar daarvoor was het nodig om het hele verhaal te kennen. Ik loop weg met die gedachte. Ik vind Renato en Felipe, en we vertrekken voor nieuwe interviews. Verder hoop ik te slagen.

Ik ben totaal gefrustreerd na de interviews. Ik kreeg niet alle informatie die ik nodig had. Wat voor journalist was ik? Ik denk dat ik een cursus journalistiek had moeten volgen. Alle personen die ik interviewde, de bakker en smid, herhaalden wat ik al wist. Renato en Felipe proberen me te troosten, maar ik kan het mezelf niet vergeven. Nu was ik verdwaald, aan het einde van de wereld waar de beschaving nog niet is gearriveerd. De enige informatie die ik wist was dat Mimoso werd geregeerd door een boze heks. De schreeuw die ik hoorde in de grot van wanhoop maakte me nog steeds duizelig. Wie was het die mijn hulp zo hard nodig had? Ik concentreerde me op deze kreet en was, geholpen door mijn krachten, via tijdreizen naar Mimoso gekomen. De doelen van deze reis waren mij nog niet duidelijk. De voogd had gesproken over het herenigen van de "tegengestelde krachten" maar ik had geen idee hoe ik dit moest doen. Wat ik wist is dat ik nog steeds geen volledige controle had over mijn "tegenkrachten" en dat maakte me nog meer verdrietig. Nou, dit was niet het moment om ontmoedigd te raken. Ik had nog achtentwintig dagen om dit probleem op te lossen. Het beste was nu om terug te gaan naar het hotel en mijn kracht te verzamelen, omdat ik het nodig zou hebben. Renato en Felipe waren bij me en onderweg leerden we elkaar beter kennen. Het zijn perfecte mensen. Ik voel me niet zo alleen op deze plek die wordt gedomineerd door de krachten beneden en vol mysteries zit.

Het Zwarte Kasteel

We zijn op onze derde dag na tijdreizen. De vorige dag had geen goede herinneringen achtergelaten. Na de interviews besloot ik de rest van de dag in het hotel door te brengen en mezelf te vinden. Dit was mijn uitgangspunt: Vind mezelf om belangrijke problemen op te lossen. Renato heeft me tot nu toe nog steeds helemaal niet geholpen. Ik denk dat de voogd hem ten onrechte met mij heeft meegestuurd. Hij was immers nog maar een kind en had als zodanig niet veel verantwoordelijkheden. Mijn situatie was totaal anders. Ik was een jongeman van zesentwintig, een administratief medewerker, met een diploma in wiskunde en veel doelen. Ik had geen tijd om na te denken over de liefde of mezelf omdat ik op een missie was, ook al wist ik niet precies wat dat was. De enige zekerheid die ik had was dat ik de berg opging, de uitdagingen besefte, het jonge meisje, de geest, het kind en de voogd vond en ik slaagde voor de tests in de grot. Ik werd de Ziener, maar dat was niet alles. Ik moest de uitdagingen van het leven voortdurend overwinnen. Welnu, er breekt een nieuwe dag aan, en daarmee nieuwe hoop. Ik sta op, neem een douche en ontbijt, poets mijn tanden en neem afscheid van Carmen. De vorige dag heeft in mij een nieuw idee wakker gemaakt: mijn vijand intiem kennen en informatie van hen stelen. Het was de enige uitweg.

Ik ga de straat op en zie de speeltuin en iedereen op de bankjes zitten. Ze gedragen zich normaal alsof ze in een normale gemeenschap zijn. Ze hebben zich gelijkvormig. Mensen raken aan alles gewend, zelfs in tijden van onheil. Ik blijf lopen. Ik draai de hoek om, ontmoet wat mensen en ik blijf standvastig in mijn vastberadenheid. De uitdagingen van de grot hielpen me mijn angst voor elke vorm van omstandigheid te verliezen. Ik vond drie deuren die angst, falen en geluk vertegenwoordigden. Ik koos voor geluk en gooide de rest weg. Evenzo was ik klaar voor nieuwe uitdagingen. Ik sla nog een hoek om en kom aan de westkant van het dorp. Er verschijnt een groot kasteel. Het is een imposant gebouw dat bestaat uit twee hoofdtorens en een secundaire toren. De woning is zwart geschilderd metselwerk. Slechte smaak, typisch voor een schurk. Mijn hart slaat op hol en mijn stappen doen dat ook. De toekomst van Mimoso hing af van mijn houding. Onschuldige levens stonden op het spel en ik zou geen onrecht meer toestaan. Ik klap in mijn handen, in de hoop de aandacht van iemand in huis te krijgen. Een robuuste jongen, lang en met een donkere huidskleur, komt uit het huis.

"Wat had je nodig?

"Ik ben hier om Clemilda te zien.

"Ze heeft het nu druk. Kom een andere keer.

"Wacht even. Het is belangrijk. Ik ben verslaggever voor de Daily Journal en ik ben gekomen om een speciaal verslag over haar te doen. Geef me maar vijf minuten.

"Verslaggevers? Nou, ik denk dat ze dat leuk zal vinden. Ik zal je komst aankondigen.

"Niet nodig. Sta me toe om met je mee te gaan.

De man roept "ja" en ik start de vele treden op die toegang geven tot de voordeur. Een rilling gaat door mijn lichaam en indringende stemmen waarschuwen me om niet naar binnen te gaan. Een kat loopt voorbij en flitst met zijn felle klauwen. Ik bid innerlijk dat God me de kracht geeft om elke situatie te weerstaan. De jongen vergezelt me en we gaan naar binnen. De deur geeft toegang tot een grote, sierlijke foyer vol kleuren en leven. Aan de rechterkant is er toegang tot nog meer dan drie kamers. In het midden staan afbeeldingen van heiligen met hoorns, schedels en andere zondige voorwerpen. Aan de linkerkant hangen vreemde schilderijen. Het scenario is gruwelijk en ik kan het niet volledig beschrijven. Negatieve krachten domineren de plaats en maken me duizelig, omdat dit een botsing is van de 'tegengestelde krachten'. De man stopt voor een van de compartimenten en klopt. De deur gaat open, rook stijgt op en er verschijnt een dikke, zwarte vrouw met sterke gelaatstrekken, zo'n veertig jaar oud.

"Waaraan heb ik de eer te danken van de Ziener die mij persoonlijk komt bezoeken?

Ze signaleert dat de man moet verdwijnen. Ik sta helemaal perplex van haar houding. Hoe kende ze mij? Zou het kunnen dat ze op de hoogte was van de berg en de grot? Welke vreemde krachten bezat die vrouw? Deze en vele andere vragen gingen op dat moment door mijn hoofd.

"Ik zie dat je me kent. Dan moet je weten waarom ik hier ben gekomen. Ik wil weten over de tragedie en hoe je hebt gedomineerd over zo'n rustige plek.

"Tragedie? Welke tragedie? Hier gebeurde niets. Ik heb de plek alleen een beetje aangepast om het leuker te maken. Mensen met hun nepgeluk... ze werkten me op de zenuwen en ik besloot het te veranderen. Mimoso werd mijn eigendom en zelfs jij kunt er niets aan doen. Jouw paranormale krachten zijn niets vergeleken met de mijne.

"Elke schurk is zelfvoldaan en trots. We weten allebei dat deze situatie niet lang kan voortduren. De "tegengestelde krachten" moeten in evenwicht blijven in het hele universum. Goed en kwaad kunnen elkaar niet tegenwerken omdat anders het universum dreigt te verdwijnen.

"Ik maak me geen zorgen over het universum of zijn mensen! Het zijn niets anders dan insecten. Mimoso is mijn domein, en dat moet je respecteren. Als je je tegen mij verzet, zul je lijden. Ik hoef maar één woord te noemen voor de majoor, en ik zal je laten arresteren.

"Bedreigt u mij? Ik ben niet bang voor bedreigingen. Ik ben de Ziener die de berg opging, drie uitdagingen voltooide en de grot één versloeg.

"Ga hier weg, voordat ik je kook in mijn ketel. Ik ben je deugd beu. Ik walg ervan.

"Ik ga, maar we zullen elkaar weer ontmoeten. Het goede zegeviert uiteindelijk altijd.

Snel verlaat ik haar en loop naar de deur. Als ik wegga, hoor ik nog steeds haar gejoel. Ze is best boos. Mijn vragen blijven onbeantwoord en ik blijf doelloos en zonder tekenen. De ontmoeting met Clemilda had mijn doel niet bereikt.

De ruïnes van de kapel

Bij het verlaten van het zwarte kasteel besluit ik een ander pad te nemen. Ik wil wat meer van de stad en haar mensen zien. Lopend naar het oosten vind ik er een paar en probeer een gesprek te voeren. Ze mijden me echter. Hun wantrouwen is nog groter omdat ik een onbekende, jonge verslaggever ben. Ze kennen mijn ware bedoelingen niet. Ik wil Mimoso redden, de persoon vinden die ik zoek en de "tegengestelde krachten" herenigen zoals de voogd van me vroeg. Maar daarvoor was het noodzakelijk om een beetje te lenen van de geschiedenis van de plaats en precies al mijn vijanden te kennen. Ik zou dat allemaal zo snel mogelijk moeten uitzoeken, want ik had een deadline te halen. De beklimming van de berg, de uitdagingen, de grot, dit alles was noodzakelijke kennis voor mij om te weten hoe het leven was en hoe mensen het leefden. Het was tijd om het in de praktijk te brengen. Ik draai me om en een paar meter verderop kom ik een hoop puin tegen. Ik denk aan het gebrek aan organisatie van de plaats en zijn mensen. Afval dat vrij rondzweeft in de samenleving en in staat is om ziekten over te dragen en te dienen als dieren- en insectenkwekerij; dit was schadelijk voor de mens. Ik kom dichterbij voor een beter beeld van de rampspoed van de plek. Wachten. Er zit iets anders in deze rotzooi. Half opgegraven zie ik een enorm houten kruisbeeld alsof het uit een kapel komt. Ik verplaats het afval beter en kan duidelijk zien: Het is een kruisbeeld. Bij het aanraken gaat er een golf van hitte door mijn hele lichaam en begin ik visioenen te krijgen. Ik zie bloed, lijden en pijn. Even bevind ik me op die locatie, deelnemend aan gebeurtenissen uit het verleden. Ik haal mijn hand van het kruisbeeld. Ik ben er nog niet klaar voor. Verder heb ik wat tijd nodig om alles wat ik heb gevoeld in minder dan drie seconden in me op te nemen. Het kruis versterkt op de een of andere manier mijn krachten en ik begin de actie te voelen van een kracht die tegen de mijne is.

De Orde

Mijn bezoek aan de gevreesde, donkere tovenares Clemilda had haar niet gelukkig gemaakt. Ze was nooit tegengesproken. Haar domein over de gemeenschap van Mimoso was volledig onbeperkt. Ze had echter niet geteld op basis van goed, waardoor ik op een reis terug in de tijd naar de plaats werd gestuurd. Onmiddellijk na mijn vertrek uit het kasteel herenigde ze zich met haar lakeien, Totonho en Cleide, en zij raadpleegden de occulte krachten. Ze gingen het linke compartiment in de hal binnen en namen als offer een klein varkentje mee. De heks nam een boek en begon satanische gebeden in een andere taal te reciteren, en zij en haar trawanten begonnen het arme dier te offeren. Een spoor van bloed vulde het compartiment en de negatieve krachten begonnen zich te concentreren. De natuurlijke verlichting van het gebied werd gedimd en de tovenares begon gek te schreeuwen. In korte tijd nam de duisternis de omheining over en werd een deur van communicatie tussen de twee werelden geopend via een spiegel. Clemilda trad op met eerbied voor haar Heer en begon naar hem te verwijzen. Zij was de enige op die compound die dit vermogen had. Het zondige orakel en haar receptor waren enige tijd in volle communie. De anderen keken gewoon naar de hele situatie. Na de ontmoeting verdween de duisternis en keerde de site terug naar zijn oorspronkelijke staat. Clemilda herstelde zich van de impact van het gesprek, belde haar helpers en vertelde hun:

"Verspreid over de gemeenschap de volgende volgorde: Wie, man of vrouw, informatie geeft aan een man genaamd de Ziener zal zwaar gestraft worden. Zijn of haar dood zal tragisch zijn en zal hun overgang naar het rijk van de duisternis markeren. Dit is de orde van de koningin Clemilda voor alle Mimoso.

Haastig gingen Clemilda lakeien de opdracht vervullen om het nieuws bekend te maken aan de inwoners van het dorp, aan naburige sites en aan de landbouwgronden.

Bijeenkomst van bewoners

Met het bevel van Clemilda waren de bewoners nog terughoudender in de zaak. Fabio, de eigenaar van de apotheek en voorzitter van de vereniging van huiseigenaren, riep een dringende vergadering bijeen met de belangrijkste leiders van de plaats. De bijeenkomst stond gepland om 10:00 uur in het verenigingsgebouw in de binnenstad. Ze zouden zich over mijn zaak beraden.

Op het afgesproken tijdstip was de grote zaal van het gebouw gevuld. Aanwezig waren onder anderen majoor Quintino, de afgevaardigde Pompeu, Osmar (boer), Sheco (eigenaar van het magazijn) en Otavio (de eigenaar van de landbouwwinkel). Fabio, de voorzitter, begon de sessie:

"Nou, mijn vrienden, zoals jullie allemaal weten, heeft Clemilda gistermiddag een bestelling vrijgegeven. Niemand mag informatie doorgeven aan een persoon genaamd "de Ziener" die in het hotel verblijft. Ik zie dat dit individu zeer gevaarlijk is en moet worden ingeperkt. Hij probeerde zelfs wat informatie van me te verzamelen, maar faalde. Hij wilde weten van de tragedie.

"De Ziener? Ik heb nog nooit van deze persoon gehoord. Waar komt hij vandaan? Wie is hij? Wat wil hij met ons dorpje? (Vroeg de majoor)

"Makkelijk, majoor. Dat weten we nog steeds niet. De enige informatie die we hebben is dat hij een mysterieuze buitenstaander is. We moeten beslissen wat we met hem doen. (Fabio)

"Wacht even, jongens. Van wat ik weet, is hij geen crimineel. Mijn zoon Felipe vergezelde hem op een wandeling naar de stad en vertelde me dat hij een goed, eerlijk persoon is. (Sheco)

"Schijn bedriegt, zoon. Als Clemilda ons deze orde heeft opgelegd, dan is deze man een gevaar voor ons geworden. We zullen hem zo snel mogelijk moeten verbannen. (Otavio)

"Als je mijn diensten nodig hebt, ben ik beschikbaar. (Pompeu, de afgevaardigde)

Er treedt een kleine storing op in de montage. Sommigen beginnen te protesteren. Pompeu staat op, raadpleegt de majoor en zegt:

"Laten we deze man arresteren. In de gevangenis zullen we alle nodige vragen aan hem stellen.

De groep gaat uit elkaar met het bevel om mij te arresteren. Zou het kunnen dat ik een crimineel was?

Beslissend gesprek

Ik verlaat de ruïnes van de kapel en loop richting het hotel. Mijn zesde zintuig vertelt me dat ik in gevaar ben. Sterker nog, sinds ik in Mimoso ben geweest, heeft het me altijd gewaarschuwd over waar ik naartoe ging. Een dorp gedomineerd door de duistere krachten was geen goede vakantiekeuze. Ik zou echter de belofte aan de bewaker van de berg moeten nakomen: om de "tegengestelde krachten" te herenigen en de eigenaar te helpen van die schreeuw die ik hoorde in de grot van wanhoop. Ik kon deze missie nooit opgeven. Mijn voetstappen versnellen en al snel kom ik aan bij het hotel. Ik open de deur, ga naar de keuken en vind Carmen, mijn laatste hoop. Ik voelde genoeg moed en rekende op vriendelijkheid om me te helpen.

"Mevrouw Carmen, ik moet met u spreken, mevrouw.

"Vertel me, Aldivan, wat wil je?

"Ik wil alles weten over de tragedie en de geschiedenis van Mimoso.

"Mijn zoon, dat kan ik niet. Ken je het laatste niet? Clemilda dreigde iedereen te vermoorden die jullie informatie geeft.

"Ik weet het. Ze is een slang. Als je me echter niet helpt, zal Mimoso nog meer zinken en het risico lopen te verdwijnen.

"Ik geloof het niet. De rotten gaan nooit ten onder. Dat is de les die ik heb geleerd sinds ze begon te regeren.

Stilte heerste voor een paar momenten en ik besefte dat als ik niet de waarheid zou vertellen, ik geen antwoorden zou hebben. Mijn ontvoerders bereidden zich voor om aan te vallen.

"Carmen, luister goed naar wat ik ga zeggen. Ik ben geen journalist of verslaggever. Ik ben een tijdreiziger wiens missie het is om de balans te herstellen die Mimoso zo hard nodig heeft. Voordat ik hier kwam, ging ik de berg van Ororubá op; Ik voerde drie uitdagingen uit, vond een jongeman, de bewaker, de geest en Renato. Door de uitdagingen te overwinnen, kreeg ik het recht om de grot van wanhoop binnen te gaan, de grot die zelfs de meest diepgaande dromen kan realiseren. In de grot vermeed ik valstrikken en ging ik door scenario's die geen enkel ander mens ooit heeft overtroffen. De grot maakte me de Ziener, een wezen dat in staat was om tijd en afstand te overstijgen om grieven op te lossen. Met mijn nieuwe krachten was ik in staat om terug in de tijd te reizen en hier aan te komen. Ik wil de 'tegengestelde krachten' herenigen, iemand helpen die ik niet ken en de tirannie van deze boze heks omverwerpen. Uiteindelijk moet ik alles weten en weten wat je kunt onthullen. Je bent een goed mens en net als de anderen hier verdien je het om vrij te zijn zoals God ons geschapen heeft.

Carmen ging op een stoel zitten en werd emotioneel. Overvloedige tranen gleden onder haar gezicht dat volwassen was van lijden. Ik hield haar handen vast en onze ogen ontmoetten elkaar onmiddellijk. Even had ik het gevoel dat ik in het bijzijn van mijn moeder was. Ze stond op en vroeg me om haar te vergezellen. We stopten voor een deur.

"De antwoorden die je hard nodig hebt, vind je hier in dit depot. Het is wat ik voor je kan doen: Je de weg wijzen. Succes!

Ik dank haar en geef haar een gezegend kruisbeeld. Ze glimlacht. Ik kom de berging binnen, doe de deur dicht en kom een veelheid aan gedrukte kranten tegen. Waar zou dit ding dat ik zoek zijn?

Laatste